Anne Maar

Der Sprung ins Wasser

W0393753

Tulipan Verlag

1. Isabel allein zu Haus

Isabel stand neben ihrer älteren Schwester Melanie mitten auf der Straße und winkte dem Auto ihrer Eltern nach. Der Vater hupte noch zweimal, und die Hand der Mutter wedelte aus dem Fenster, bis das Auto um eine Kurve bog und nicht mehr zu sehen war.

»So«, sagte Melanie. »Jetzt sind sie weg.«

»Was machen wir jetzt?«, fragte Isabel, während sie mit Melanie ins Haus zurückging. »Eis essen?«

»Kannst du gern machen«, antwortete Melanie. »Aber ich werd jetzt zu Leonard gehen und erst am Sonntag wiederkommen.«

»Was?!«, fragte Isabel. »Davon hast du Mama und Papa aber nichts gesagt.«

»Klar nicht«, antwortete Melanie. »Die hätten das ja auch nicht erlaubt. Und ich rat dir, dass du auch nichts sagst. Sonst kriegst du Ärger mit mir!«

»Aber …«

»Reg dich nicht auf. Du kannst ja anrufen. Aber nur, wenn das Haus brennt oder du ins Krankenhaus musst, klar?!«

»Bleibst du auch über Nacht weg?«, fragte Isabel.

»Ja«, sagte Melanie. »Das wirst du schon überleben. Da kannst du endlich mal fernsehen, so lange du willst …«

»Hm«, machte Isabel.

»Und Musik hören, so laut du willst«, sagte Melanie.

»Hm«, machte Isabel.

»Ich geb dir auch was von dem Geld, das Mama und Papa dagelassen haben, damit du dir ein Eis kaufen kannst.«

»Wie nett«, antwortete Isabel.

»Ich muss jetzt los, Leonard wartet schon«, sagte Melanie und ging in ihr Zimmer. Isabel folgte ihr und schaute zu, wie Melanie ihre Tasche zusammenpackte. Als sie damit fertig war, gab sie Isabel 50 Euro und Leonards Handynummer.

»Und wenn Mama und Papa anrufen, dann sagst du, ich bin gerade im Bad oder im Kino oder sonst wo. Dir wird schon was einfallen …«

Und damit ging sie.

Isabels Eltern waren zum Segeln an den Bodensee gefahren. Ursprünglich war es nicht geplant gewesen, dass Isabel und Melanie in den Ferien ein Wochenende allein zu Hause sein sollten. Eigentlich hatten sie vorgehabt, die ersten beiden Ferienwochen bei ihrer Oma zu verbringen, bevor sie dann mit ihren Eltern nach Italien fahren sollten. Doch das hatte nicht geklappt. Oma hatte nämlich schon lange eine Kur beantragt und nun kurzfristig einen Platz bekommen – und zwar in den ersten beiden Ferienwochen. Also mussten Isabel und Melanie zu Hause bleiben. Daraus hatte sich dann aber ein neues Problem ergeben: Ihre Eltern hatten sich nämlich für dieses Ferienwochenende ein Segelboot gemietet, weil sie davon ausgegangen waren, dass die Kinder in dieser Zeit bei der Oma sein würden. Und weil es zeitlich nicht mehr möglich war, das Segelboot wieder abzubestellen, ohne die Miete bezahlen zu müssen, blieben Isabel und Melanie nun dieses Wochenende zu Hause. Ihre Eltern hatten natürlich angenommen, dass Melanie bei Isabel bleiben würde.

Jetzt aber war Isabel ein langes Wochenende allein zu Haus – den restlichen Donnerstag, den ganzen Freitag, Samstag und den halben Sonntag.

Isabel rannte in ihr Zimmer, holte eine CD und steckte sie in die Anlage im Wohnzimmer. Ihr Lieblingslied. Ganz laut. Als es zu Ende war, hörte sie es sich gleich noch mal an. Das machte Mut. Vielleicht hatte Melanie ja auch recht. Jetzt konnte sie wirklich machen, wozu sie Lust hatte. Viermal hintereinander ließ Isabel das Lied laufen. Ihre Mutter hätte bestimmt schon nach dem zweiten Mal geschimpft. Und Melanie hätte auch gemeckert. Während das Lied ein fünftes Mal durch die Wohnung dröhnte, überlegte Isabel, was sie als Nächstes tun könnte. Ihre Eltern hatten den Laptop mitgenommen, sie konnte nicht einmal Computer spielen. Am liebsten würde sie jemanden zu sich einladen. Aber ihre beste Freundin war schon in die Ferien gefahren. Mit ihr hätte sie bestimmt lauter lustige Sachen gemacht, die sie sonst nicht tun durften. Fußball gespielt in der Wohnung zum Beispiel, oder die Kleider von Melanie anprobiert, eine ganze Familienpackung Eis gegessen, mehr als zwei Stunden ferngesehen oder nachts im Bett gelesen, so lange sie Lust hatten …

Vielleicht war ja Jonas noch da, oder Lara, mit denen verstand sie sich auch ganz gut. Sie beschloss, erst einmal einkaufen zu gehen und dann bei Jonas und Lara vorbeizuschauen.

Isabel schwang sich auf ihr Fahrrad und fuhr zum nächsten Supermarkt. Jetzt konnte sie mal einkaufen, was sie wollte: ein Glas Nutella, sechs Fruchtzwerge, eine Ananas, drei Flaschen Cola, drei Packungen Chips, drei Tafeln Schokolade, eine große Dose Eis und vier Comic-Hefte. Nachdem sie eingekauft hatte, fuhr sie zu Jonas. Als sie dort ankam, wusste sie schon, dass sie wohl kein Glück haben würde, denn die Rollläden waren heruntergelassen.

Isabel klingelte trotzdem. Niemand machte auf. Etwas unschlüssig blieb sie vor dem Haus stehen, da sagte plötzlich jemand: »Wenn du Jonas suchst, der ist in Spanien.«

Isabel drehte sich um. Vor der Tür des Nebenhauses stand Tom. Er ging auch in Isabels Klasse, aber Isabel mochte ihn nicht besonders. Das heißt, eigentlich mochte sie Kevin nicht, Toms besten Freund. Den fand sie ganz schön eingebildet. Tom war ihr eigentlich egal, denn im Gegensatz zu Kevin sagte er nie etwas. Vielleicht war er schüchtern oder so, jedenfalls hatte Isabel fast noch nie seine Stimme gehört.

»Ach so«, sagte Isabel. Sie drehte ihr Fahrrad um.

»Bist du auch nicht weggefahren?«, fragte Tom.

»Doch«, sagte Isabel, weil man auf eine so blöde Frage nur so antworten konnte.

Tom wurde rot. »Ich mein, fahrt ihr gar nicht weg?«, fragte er.

»Nach Italien«, antwortete Isabel.

»Ach so«, sagte Tom. »Wir bleiben die ganzen Ferien daheim. Das ist ziemlich langweilig, wenn keiner da ist.«

»Hm«, machte Isabel und setzte sich auf ihr Rad. »Tschüss«, sagte sie und fuhr los.

»Tschüss«, hörte sie Tom sagen.

Isabel fuhr weiter zu Lara, aber da war auch niemand. Also fuhr sie wieder nach Hause. Während sie sich noch einmal ihr Lieblingslied anhörte, baute sie erst einmal alle Essenssachen vor dem Fernseher auf. Dann setzte sie sich in ihren Lieblingssessel und begann fernzusehen. Erst guckte sie eine Serie und löffelte dazu Eis. Danach kam ein Tierfilm, während dessen sie eine halbe Ananas aß und zwei Packungen Chips knabberte. Dann kam nichts, was ihr so richtig gefiel, und Isabel schaltete den Fernseher leise, trank Cola, schlürfte einen Fruchtzwerg und blätterte die Comic-Hefte durch.

Sie guckte weiter fern und aß noch den Rest Eis aus der Dose und eine halbe Tüte Chips – und dann war ihr plötzlich schrecklich schlecht. Richtig speiübel war ihr. Sie überlegte sich gerade, ob sie freiwillig ins Bett gehen sollte, als es an der Tür klingelte. Isabel stöhnte. Das war bestimmt Frau Prestel, die Nachbarin von nebenan, die nach ihnen schauen wollte. Wenn die merkte, dass es ihr schlecht ging und Melanie nicht da war, würde sie bestimmt gleich die Eltern anrufen … Isabel beschloss, einfach nicht aufzumachen.

Es klingelte noch einmal. Und noch einmal.

Wenn Frau Prestel nun aber dachte, dass sie beide entführt worden wären oder vor lauter Sehnsucht in Ohnmacht gefallen wären und deshalb nicht aufmachen konnten …? Vielleicht würde sie sogar die Polizei anrufen, Frau Prestel war alles zuzutrauen … Isabel rappelte sich hoch und ging zur Tür. Ihr war immer noch schrecklich schlecht. An der Tür atmete sie tief durch, lächelte und machte auf, als Frau Prestel gerade das vierte Mal klingeln wollte.

»Hallo Isabel«, sprudelte Frau Prestel los. »Ich hab mir schon Sorgen gemacht, weil ihr nicht aufmacht. Ich dachte, nanu, Isabels Fahrrad ist doch da und ich hab euch auch nicht weggehen sehen, hoffentlich ist nichts passiert …«

»Tut mir leid, ich hab Musik gehört«, sagte Isabel. Sie hielt sich am Türrahmen fest und versuchte nett zu lächeln. »Und Melanie ist im Kino.«

»Ach so, ja«, sagte Frau Prestel. »Ich wollt nur mal schauen, wie es euch geht und ob ihr was braucht …«

»Uns geht's gut«, sagte Isabel. Die Chips stießen ihr auf. Sie schluckte.

»Habt ihr auch alles? Soll ich euch was zu essen machen?«, fragte Frau Prestel.

Isabel schüttelte den Kopf. Bloß das nicht.

»Du siehst ein bisschen blass aus – brauchst du wirklich nichts?«, fragte Frau Prestel.

»Nein danke, Frau Prestel«, sagte Isabel.

»Du weißt ja, wenn was ist, könnt ihr jederzeit zu mir kommen«, sagte Frau Prestel.

Isabel nickte. Gleich würden ihr die Chips wieder hochkommen. Bevor Frau Prestel weiterplappern konnte, sagte Isabel schnell: »Vielen Dank für alles, Frau Prestel, aber ich bin schrecklich müde und muss jetzt unbedingt ins Bett gehen. Melanie hat auch gesagt, ich soll nicht zu lange aufbleiben!« – und machte die Tür zu.

Im Bad übergab sie sich. Danach ging es ihr besser. Sie holte sich ihre Bettdecke und die Bettdecken ihrer Eltern und baute sich vor dem Fernseher ein richtiges Lager. Dann ging's weiter im Programm: Zuerst wollte Isabel einen Krimi angucken und danach einen Vampirfilm. Der Krimi war spannend, aber leider bekam Isabel nicht mit, wer der Mörder war, weil da gerade ihre Eltern anriefen.

»Melanie liegt in der Badewanne«, log sie und ihre Eltern glaubten es.

Der Vampirfilm war auch spannend. Und ein bisschen gruselig. »Ist ja nur ein Film«, sagte Isabel zu sich. »Vampire gibt's gar nicht. Und das Blut ist nur Ketchup!« Trotzdem fühlte sie sich ein bisschen komisch.

Als der Film zu Ende war, machte sie den Fernseher aus und blieb auf ihrem Lager liegen. Sie konnte ja auch genauso gut hier schlafen, oder? Dann musste sie ihre Decke nicht durch den dunklen Flur ins Zimmer tragen. War ja nicht nötig … Isabel versuchte einzuschlafen. Immer wieder kamen ihr gruselige Bilder aus dem Film in den Sinn.

Sie schlummerte ein bisschen ein und träumte von Vampiren, die sie gefangen hielten und aussaugen wollten. Mit klopfendem Herzen schreckte Isabel hoch. Die Dunkelheit um sie herum war ihr unheimlich. Sie hatte ein komisches Gefühl in der Brust, als ob da ein Stein wäre, direkt unter den Rippen. Ob sie Melanie anrufen sollte? Aber die würde bestimmt sauer, wenn sie mitten in der Nacht anrufen würde. Oder ob sie zu Frau Prestel gehen sollte? Aber dann musste sie ihr erklären, was los war, und sie würde es sofort ihren Eltern erzählen. Nein, das war keine gute Idee. Schließlich wagte sie es, aufzustehen. Sie stellte zuerst das Radio an, dann machte sie Licht im Flur. Jetzt war es schon besser. Der Radiosprecher erzählte Witze und Isabel konnte endlich einschlafen.

Als sie am nächsten Morgen aufwachte, lief das Radio natürlich immer noch und im Flur brannte das Licht. Isabel stand auf und streckte sich. Sie fühlte sich ganz matschig, gar nicht richtig ausgeschlafen.

Ein wenig lustlos machte sie sich ein Frühstück – Nutellabrot, vier Fruchtzwerge und Kakao –, dann schlenderte sie von Zimmer zu Zimmer, las ein bisschen, hörte wieder ihr Lieblingslied und schaute fern. Sie versuchte, Melanie anzurufen, aber da ging niemand ran.

Ganz allein, ohne Eltern zu sein, fand Isabel nicht so toll. Wenn wenigstens ihre Freundin da gewesen wäre, dann wäre ihnen bestimmt einiges eingefallen, was sie zusammen hätten machen können. Bei fremden Leuten anrufen und Quatsch erzählen oder Musikgruppe spielen oder so. Isabel beschloss, ins Freibad zu gehen. Vielleicht traf sie dort jemanden, mit dem sie etwas unternehmen konnte. Obwohl es im Freibad ziemlich voll war, traf sie keinen, mit dem sie Lust gehabt hätte, etwas zu machen. Lisa aus ihrer Parallelklasse war zwar da, aber die hing immer mit drei älteren Mädchen zusammen, die nur über Jungens sprachen, und das fand Isabel langweilig.

Isabel breitete ihr Handtuch ziemlich weit hinten auf der Liegewiese aus und ging erst mal schwimmen. Nach drei Runden kaufte sie sich ein Eis, legte sich auf ihr Handtuch und las. Irgendwann schlief sie über dem Buch ein. Als sie wieder aufwachte, weil sie nun im Schatten lag, sah sie neben sich etwas entfernt ein Handtuch liegen, das da vorher noch nicht gelegen hatte. Auf dem Handtuch saß Tom.

»Hallo«, sagte er, als er merkte, dass sie herübersah.

»Hallo«, sagte Isabel.

»Ich hab die ganze Zeit darauf gewartet, dass du endlich aufwachst.«

»Hm«, machte Isabel und setzte sich auf.

»Ich dachte, du wärst schon in Italien«, sagte Tom.

»Erst nächste Woche«, antwortete Isabel, während sie sich ihr T-Shirt überzog.

»Ach so«, sagte Tom. Isabel nahm ihr Buch und guckte hinein, las aber nicht. Sie dachte daran, dass Tom die ganze Zeit neben ihr gesessen hatte, während sie geschlafen hatte. Vielleicht hatte sie im Schlaf gesprochen oder gegrunzt oder so, und er hatte alles mitgekriegt.

»Gehst du noch mal schwimmen?«, fragte Tom.

Isabel zuckte mit den Schultern.

»Also … ich geh jetzt mal«, sagte Tom. Er stand auf und blieb vor ihr stehen, als ob er auf etwas warten würde. Isabel guckte in ihr Buch.

»Bis dann«, sagte er und ging. Isabel legte ihr Buch zur Seite und guckte ihm nach.

Eigentlich war Tom gar nicht so unnett. Sie zog sich ihr T-Shirt aus und ging auch schwimmen. Mit Tom im Wasser war es lustiger als alleine.

Sie spritzten sich gegenseitig an, schwammen um die Wette, und als Tom Hai spielte, ging Isabel vor Lachen fast unter. Als sie wieder auf ihren Plätzen saßen, erzählte Isabel, dass sie ganz allein zu Hause war.

»Ist das nicht ein bisschen unheimlich?«, fragte Tom.

»Nö, find ich nicht«, antwortete Isabel.

»Auch nachts nicht?«

»Ach was. Gestern hab ich sogar bis um zwölf Vampirfilme gesehen – das war super. Mir macht das nichts aus.«

Tom schien echt beeindruckt zu sein. Isabel fühlte sich immer besser.

»Komm mich doch mal besuchen«, schlug sie vor. »Dann können wir machen, was wir wollen, und keiner hat was dagegen.«

»Ja«, sagte Tom. »Ich kann dich ja morgen Nachmittag zum Freibad abholen.«

»Klar«, sagte Isabel. »Komm einfach.«

Als Isabel nach Hause kam, machte sie sich ihr Lieblingsessen warm: Linsensuppe, die ihre Mutter für sie vorgekocht hatte. Melanie rief einmal an, aber nur um zu sagen, dass sie jetzt zelten ging und schlecht zu erreichen war, und später ihre Eltern. Diesmal erzählte Isabel, dass ihre Schwester im Kino war. An diesem Abend guckte sie lieber nicht viel fern, sondern las noch ihr Buch fertig und hörte Radio, bis sie einschlief.

Am nächsten Tag klingelte es endlich um kurz nach vier und Tom stand vor der Tür. »Hallo«, sagte er.

»Komm rein«, sagte Isabel.

Tom stieg über die Tasche, die Isabel gestern nach dem Freibad an der Tür fallen gelassen hatte, und schaute sich um.

»Ich guck gerade fern«, sagte Isabel und ging voraus

ins Wohnzimmer. Tom folgte ihr. Vor dem Fernseher lagen noch die leeren Chipstüten, Colaflaschen, Schokoladenpapiere, Ananasschale und die Bettdecken von Isabels Eltern.

Isabel schmiss sich auf ihr Lager, während Tom etwas unschlüssig stehen blieb.

»Setz dich doch«, sagte Isabel. Sie kam sich ein bisschen wie eine Prinzessin vor, die einem ihrer Untertanen zum ersten Mal Einblick in ihre Gemächer gewährt.

Tom setzte sich auf die Kante von Isabels Lieblingssessel.

»Da«, sagte Isabel und reichte ihm den letzten Rest der dritten Schokoladentafel. Sie guckte weiter in den Fernseher und schaltete ab und zu um, einfach so, weil sie Lust dazu hatte.

»Gehen wir jetzt ins Freibad?«, fragte Tom nach einer Weile.

»Ja, klar«, sagte Isabel. »Wir können aber auch was anderes machen, was du willst … Fußball spielen in der Wohnung zum Beispiel. Das ist doch eine super Idee!«

Isabel sprang auf und holte ihren Ball. Geschickt spielte sie ihn Tom zu, aber der kickte ihn nicht zurück. »Den können wir ja mitnehmen«, schlug er vor.

»Hm, ja«, sagte Isabel. »Wir können auch Zirkus spielen und uns mit den Klamotten von meinen Eltern verkleiden.«

Tom überlegte einen Moment. »Vielleicht später,

nach dem Freibad«, sagte er. »Ich würd jetzt lieber schwimmen gehen, es ist so heiß. Gehen wir?«

Isabel verzog den Mund. »Nee, ich hab keine Lust mehr«, sagte sie. »Geh doch alleine, tschüss.« Sie ließ ihn einfach stehen und verschwand in ihrem Zimmer. Es dauerte etwas, dann hörte sie die Wohnungstür ins Schloss fallen. Tom war gegangen. Isabel war beleidigt. Sie hatte doch so gute Vorschläge gemacht und Tom war so trantütig gewesen!

Ins Freibad konnte sie doch immer gehen, das war ja öde. Langweilig war nur nicht, was sie sonst nicht durfte … Da hatte sie eine Idee. Isabel stürzte aus ihrem Zimmer, rannte aus der Wohnung, setzte sich auf ihr Rad und flitzte davon. Endlich, schon fast am Freibad, holte sie Tom ein. Sie bremste vor ihm.

Tom blieb überrascht stehen. »Kommst du doch mit?«, fragte er.

»Ja«, sagte Isabel, ohne vom Rad zu steigen. »Aber nicht jetzt.« Sie schaute sich um, ob ihnen auch niemand zuhörte. »Wir gehen nachher, wenn zu ist«, sagte sie leise.

»Aber wenn zu ist, wie …«

»Nicht so laut«, sagte Isabel. Sie schaute sich noch einmal um, dann stieg sie vom Rad. »Wir klettern über den Zaun«, flüsterte sie. Tom guckte sie an, als ob er gar nichts verstünde.

»Wir gehen jetzt erst zu mir, und nachher, wenn zu ist, dann klettern wir über den Zaun und haben das Freibad ganz für uns«, erklärte Isabel. »Komm!« Langsam schob sie das Rad den Weg zurück, den sie gekommen war.

Tom blieb stehen. »Ich weiß nicht. Warum gehen wir nicht einfach jetzt?«, fragte er.

»Mann, sei doch nicht so langweilig!«, sagte Isabel laut. »Das ist doch viel spannender! Jetzt will ich schon extra mit dir ins Freibad, weil du zu nichts anderem Lust hast, dann kannst du doch wohl auch mitmachen!«

Tom wurde rot.

»Kommst du jetzt?«, fragte Isabel und schob ihr Fahrrad weiter.

»Na gut«, sagte Tom und kam mit.

Auf dem Weg zu Isabel planten sie alles Weitere: Tom sollte seine Eltern anrufen, um ihnen zu sagen, dass er noch etwas länger bei Isabel blieb, und Isabel wollte Frau Prestel sagen, dass sie noch mit zu Tom ging. Bis das Freibad zumachte, vertrieben sie sich die Zeit damit, einen Rucksack zu packen, und hörten laut Musik.

Dann machten sie sich auf den Weg. Zuerst schlichen sie um das ganze Freibad, um herauszufinden, wo sie am besten über den Zaun klettern konnten. Der Mann vom Eisstand räumte noch seine Stühle auf, aber sonst war niemand zu sehen. Bei der hintersten Liegewiese, da, wo auch ein paar Bäume standen, war der Zaun ein bisschen niedergedrückt. Das war ihr Eingang.

»Meinst du, der Mann ist noch da?«, flüsterte Isabel. Sie schielten zwischen den Bäumen hinüber zum Eisstand.

»Ich glaub, die Stühle sind weg«, sagte Tom.

Sie warteten trotzdem noch eine Weile, dann kletterten sie über den Zaun. Zuerst gingen sie ganz langsam über die große Liegewiese und guckten sich dauernd um, ob sie auch niemand sehen konnte. Aber da anscheinend wirklich kein Mensch mehr da war, wurden sie immer mutiger. Schließlich hopste Isabel mit großen Sprüngen über den Rasen und rief laut: »Jippi!«

Auch Tom wurde übermütig: »Das ganze Freibad für uns!«, rief er und lachte. Sie schmissen den Rucksack irgendwo ins Gras und rannten in ihren Badesachen zum großen Becken. Mit Anlauf sprangen sie in das ruhige Wasser, dass es nur so platschte. Sie schwammen um die Wette, spritzten sich gegenseitig nass, kreischten, so viel sie Lust hatten – vor allem Isabel –, versuchten sich zu tunken, lachten, dass sie Bauchweh bekamen und furchtbar viel Wasser schluckten, und spielten Hai und toter Mann.

Gerade als Isabel Tom zeigen wollte, wie lang sie unter Wasser bleiben konnte, packte Tom sie an der Schulter. »Da kommt jemand!« Er zeigte zum Eingangstor hinüber.

Isabel drehte sich um und sah einen Mann auf sie zukommen. »Schnell weg!«, sagte sie.

Aber der Mann hatte sie schon gesehen. »He! Moment mal! Halt!«, rief er.

Isabel und Tom schwammen an den Beckenrand, so schnell sie konnten, kletterten hinaus und rannten weg.

Der Mann lief ihnen nach. »Halt! Bleibt stehen!«, rief er.

Aber daran dachten sie gar nicht. Isabel hatte schon furchtbares Seitenstechen. Als sie über die große Liegewiese flohen, fiel es ihr ein: »Der Rucksack!« Sie blieb stehen und drehte sich um. Der Mann war noch in einiger Entfernung – und der Rucksack lag irgendwo zwischen ihnen und ihrem Verfolger im Gras.

»Ich kann nicht mehr«, jammerte sie. Jetzt wollte sie nur noch über den Zaun kommen und sich dann irgendwo verstecken. Aber Tom stürmte zurück.

»Lass doch!«, schrie Isabel, aber Tom war nicht aufzuhalten. Isabel stand am Zaun und beobachtete, was weiter passierte.

Der Mann kam Tom immer näher. »Halt!«, schrie er.

»Tom!«, rief Isabel und biss sich vor Aufregung in den Handballen.

Als Tom den Rucksack erreichte und nach ihm griff, war der Mann so nahe bei ihm, dass er ihn fast erwischte, doch Tom schlug einen Haken und konnte entkommen.

»Saubande!«, schrie der Mann ihnen nach.

Sie flüchteten zusammen über den Zaun und

rannten immer weiter, obwohl der Mann sie nicht verfolgte. Schließlich blieben sie außer Atem stehen.

»Das war knapp«, keuchte Isabel.

Tom nickte nur. Sie guckten sich an, wie sie da mit ihren nassen Badesachen auf der Straße standen, und mussten plötzlich furchtbar lachen.

»Wie der geschrien hat«, sagte Tom.

»Und ich dachte schon, der hat dich gleich«, sagte Isabel. »Mann, war das aufregend …«

»Ja, ganz schön spannend«, sagte Tom.

»Vielleicht sogar ein bisschen zu spannend«, sagte Isabel und betrachtete ihre Hand, auf der deutlich ihr Zahnabdruck zu sehen war.

»Findest du?«, fragte Tom.

Isabel grinste.

Am nächsten Tag gingen sie wieder ins Freibad, aber am Mittag.

Als Isabel zurückkam, war Melanie wieder da.

»Hier sieht's ja aus!«, beschwerte sie sich.

»Ich hab eben gemacht, wozu ich Lust hatte!«, sagte Isabel.

Sie räumten zusammen auf, dann kamen Isabels Eltern zurück.

»Wie war's denn?«, fragte ihre Mutter besorgt. »Ist alles gut gegangen?«

»Habt ihr die Bude auf den Kopf gestellt?«, fragte ihr Vater.

»Wir waren ganz brav«, antwortete Melanie. »Und haben uns nie gestritten.«

»Es war sehr spannend«, sagte Isabel.

Sie ging noch zweimal mit Tom ins Freibad, bevor sie mit ihrer Familie nach Italien fuhr.

Und aus dem Urlaub schickte sie ihm dann eine Karte:

Lieber Tom!
Hier scheint dauernd die Sonne und es ist sehr heiß.
Ich geh immer schwimmen im Meer.
Es ist auch fast so toll wie mit Dir im Freibad. Du weißt schon, wann. Aber nur fast.
Schöne Grüße,
Isabel.

2. Moritz, Frau Mützenbacher und die Musik

Moritz spielte Klavier. Er war ganz vertieft in die Musik, und während er die Tasten drückte, tauchte er in die Töne wie in einen Traum: *Schneeflocken tanzen umher, erst wenige, dann immer mehr ... Ein verschneiter Hügel, ein Junge zieht seinen Schlitten hinauf und rodelt hinunter ... dort sind Kinder, es gibt Streit ... aber dann ist der Junge wieder alleine und die Schneeflocken wirbeln um ihn herum ...*

Für einen Moment vergaß Moritz sogar, wo er war. Erst als er die letzten Töne gespielt hatte, merkte er, dass die Sonne auf seinen Rücken schien. Er schaute hoch. Die wenigen alten Leute, die zu dem Nachmittagskonzert gekommen waren, applaudierten ein bisschen und gingen weg. Nur zwei Frauen in der dritten Reihe blieben sitzen und klatschten weiter. Moritz verbeugte sich knapp. Während er die Notenhefte in seine Tasche räumte, stand eine der Frauen auf und kam langsam näher.

»Das letzte Stück war von Debussy, nicht wahr?«, fragte sie.

»Ja«, antwortete Moritz. Er klemmte sich die Tasche unter den Arm.

»Du bist wirklich begabt«, sagte die alte Frau. »Darf ich fragen, wie alt du bist?«

»Zwölfeinhalb«, antwortete Moritz.

»Noch so jung«, sagte die alte Frau. Sie drehte sich zu der anderen Frau um, die sitzen geblieben war. »Frau Schultes, haben Sie das gehört?!«, rief sie.

»Wie bitte?«, fragte Frau Schultes. Bevor die alte Frau den Satz noch lauter wiederholen konnte, sagte Moritz schnell: »Auf Wiedersehen«, und ging.

Auf dem Nachhauseweg fiel ihm eine Melodie ein, die er leise vor sich hin summte. Dabei klopfte er mit den Fingern auf die Notentasche – das war wie eine Übung, damit die Finger beweglich blieben. Er hatte dauernd Klavierstücke im Kopf, die er spielte oder einmal spielen wollte. Denn Moritz wollte Pianist werden. Er träumte davon, an einem großen Konzertflügel auf einer Bühne zu spielen, der Saal voller Menschen, und alle hörten ihm gespannt zu, lauschten seinen Bildern aus Musik. Seine Finger flogen nur so über die Tasten, und es hörte sich an, als hätte er vier Hände. Und wenn er fertig war, herrschte einen Moment knisternde Stille, bevor die Zuhörer losjubelten und »Bravo, Bravo« riefen. Und alle wollten Autogramme haben. So stellte er sich das immer vor.

Leider hielten seine Eltern nicht viel von dieser Idee. »Klavierspielen ist ein schönes Hobby, aber kein Beruf«, meinte seine Mutter, und sein Vater wollte sowieso, dass Moritz Arzt wurde wie er selbst.

Als Moritz nach Hause kam, war seine Mutter, wie

so oft, am Telefon. »Genau, in der Stadthalle«, sagte sie gerade und nickte ihm dabei begrüßend zu. Wahrscheinlich organisierte sie wieder etwas, das machte sie leidenschaftlich gerne. Überhaupt war sie sehr engagiert. Sie ging regelmäßig zum Blutspenden, sammelte Kleider für hilfsbedürftige Menschen und sie plante Veranstaltungen für wohltätige Zwecke. Diese Nachmittagskonzerte in Altenwohnheimen waren auch ihre Idee gewesen.

Moritz ging nach oben in sein Zimmer und hatte sich gerade eine CD eingelegt, als seine Mutter ins Zimmer kam.

»Na, wie war's?«, fragte sie.

»Wie immer«, antwortete Moritz.

»Du hast den alten Menschen bestimmt eine große Freude gemacht!«, sagte sie. Moritz verdrehte die Augen.

»Ich hab jetzt eine Idee, wie wir etwas Geld für das Kinderheim in Rumänien kriegen können«, erzählte seine Mutter und setzte sich neben ihn aufs Bett.

»Mh«, machte Moritz.

»Wir veranstalten einen Galaabend mit Künstlern unserer Stadt, mit Büfett und Eintrittskarten und allem Drum und Dran. Das zieht doch Leute an, meinst du nicht?«

»Künstler?«, fragte Moritz. »Was denn für welche?«

»Theaterleute zum Beispiel, Zauberer, Maler, Musiker«, antwortete seine Mutter.

Das Telefon klingelte. Seine Mutter stand auf. »Du

kannst mal deinen Klavierlehrer fragen, ob er da spielen will«, sagte sie und ging hinaus. Moritz schaute einen Moment nachdenklich auf die Tür, durch die seine Mutter gegangen war, dann stand er auf und ging zu dem Regal, in dem seine Notenhefte standen. Er hatte einen Plan.

In der Schule schrieb Moritz eine Liste mit Musikstücken.

»Was machst du denn da die ganze Zeit?«, fragte Emilie, die neben ihm saß.

»Ach nichts«, antwortete Moritz.

Sie beugte sich herüber und versuchte zu lesen, was er geschrieben hatte.

»Zwerge … Schneeflocken … Elefantenschlaflied …«, entzifferte sie. »Klingt ja geheimnisvoll.«

»Ja«, sagte Moritz nur und steckte den Zettel in seine Schultasche. Sonst gingen Emilie und er immer ein Stück zusammen nach Hause, aber heute war sie zu einem Geburtstagsfest eingeladen und fuhr gleich nach der Schule dorthin.

Als Moritz auf dem Nachhauseweg durch den Park und an dem Altenwohnheim vorbeikam, wo er Klavier gespielt hatte, hörte er aus einem offenen Fenster im Erdgeschoss Musik. Die Melodie kam ihm bekannt vor. Moritz blieb stehen. Ja, da hörte jemand eines der Stücke, das er gestern gespielt hatte. Moritz ging zu dem Fenster und schaute hinein.

Eine weißhaarige Frau stand mit dem Rücken zu ihm im Raum und summte das Stück laut mit.

Moritz musste lachen. Die Frau drehte sich um, und Moritz erkannte sie als die, die ihn gestern nach seinem Konzert angesprochen hatte. Er wollte schnell weitergehen, aber sie machte ihm ein Zeichen, dass er warten sollte, und ging kurz fort, um die Musik abzustellen. Dann kam sie wieder ans Fenster: »Ich habe mich wirklich gefreut, dass du für uns gespielt hast, das wollte ich dir nur noch mal sagen«, sagte sie.

Moritz nickte.

»Ich bin übrigens Frau Mützenbacher.« Sie beugte sich aus dem Fenster und streckte ihm die Hand entgegen. »Deinen Namen habe ich leider vergessen.«

Moritz stellte seine Schultasche ab und reichte ihr die Hand. »Moritz«, stellte er sich vor.

»Moritz …«, wiederholte Frau Mützenbacher. »Leider wird ja Live-Musik heutzutage richtig selten, früher war das viel üblicher … Ich war so oft in Konzerten.«

»Ja?«, sagte Moritz.

Sie nickte. »Weißt du, ich habe in Frankfurt Gesang studiert und im Konservatorium waren ständig Konzerte.«

»Sie waren Sängerin?«, fragte Moritz.

»Ja, aber nicht sehr lange«, antwortete Frau Mützenbacher. »Und das ist auch schon über fünfzig Jahre her. Mindestens.«

»Sind Sie richtig aufgetreten? Ich meine, auf einer richtigen Bühne, und ganz viele Leute haben Ihnen zugehört?«

»Ja, schon … Aber ich hatte immer furchtbares Lampenfieber … Einmal sollte ich in einem großen Konzert singen. Das war schrecklich.«

»Warum?«, fragte Moritz.

»Ach … in diesem Konzert waren ganz viele wichtige Menschen … und ich sollte zum ersten Mal auf einer großen Bühne singen … Ich war so aufgeregt, dass mir die Stimme im Halse stecken geblieben ist …« Sie musste lachen. »Ich hab nur laut gesummt. Es war schrecklich peinlich.«

»Und dann?«, fragte Moritz.

Frau Mützenbacher überlegte einen Moment. »Dann war Krieg … und ich hab geheiratet …«

»Ach so«, sagte Moritz.

»Mein Mann hat die Musik auch sehr geliebt.« Sie knibbelte an dem obersten Knopf ihrer Strickjacke und guckte versonnen vor sich hin.

Moritz griff nach seiner Schultasche.

Auf einmal summte Frau Mützenbacher eine Melodie, die Moritz nicht kannte. »Mir fallen dauernd die alten Lieder ein.« Sie lächelte ihn an. »Und du – du möchtest sicher auch mal was mit Musik machen, oder?«

»Ja«, antwortete Moritz. Er nahm die Schultasche auf den Arm. »Ich will Pianist werden.«

»Das finde ich gut«, sagte Frau Mützenbacher. »Bestimmt übst du den ganzen Tag …«

»Ja«, sagte Moritz, »manchmal …«

»Also, wenn du mal ungestört üben willst, kannst

du gern hierherkommen. In einem der Räume steht ein Klavier, da ist nie jemand drin«, sagte Frau Mützenbacher. »Wirklich. Und ich würde mich sehr freuen. Ich mag Musik ja so gerne.« Sie lächelte ihn mit hellen Augen an.

»Ja, mal sehen«, sagte Moritz.

Er verabschiedete sich und ging nach Hause. Seine Mutter war nicht da. Ein Zettel lag auf dem Tisch. »Ich bin einkaufen, komme gegen zwei, Essen steht auf dem Herd, Küsschen, Mama.«

Moritz ging gleich in sein Zimmer und setzte sich ans Klavier. Wenn sein Plan gelingen sollte, musste er viel üben. Er begann ein Stück zu spielen, das *Zug der Zwerge* hieß und auch genauso klang.

Eine Reihe Zwerge marschiert, mit Spitzhacken bepackt, durch das Unterholz eines Märchenwaldes ... Sie erreichen eine große Höhle ... Im Inneren schlagen sie kräftig auf die felsigen Wände ein, Edelsteine brechen herunter ...

»Moritz, du hast ja noch gar nichts gegessen«, rief seine Mutter auf einmal.

Moritz hatte sie gar nicht kommen gehört.

»Du musst was essen!«, rief sie wieder.

»Ich komm gleich«, rief er zurück.

Während seine Mutter das Essen warm machte, deckte er den Tisch.

»Wie war's in der Schule?«, fragte seine Mutter.

»Wie immer«, antwortete Moritz.

Sie wollten sich gerade an den Tisch setzen, als das

Telefon klingelte. Seine Mutter ging ran. Moritz fing schon an zu essen und hörte zu, was seine Mutter sagte: »Ja, nicht ganz so viel Programm. Ja … Weißt du, das andere wäre zu knapp geworden, Künstler müssen doch immer lange vorplanen. Und ich will auch nicht … genau. Alles klar, bis dann.« Sie legte auf und kam zurück in die Küche. »Das war wegen des Galaabends«, erklärte sie.

»Warum, was ist denn damit?«, fragte Moritz.

»Wir machen das jetzt anders«, sagte sie, während sie sich Nudeln auf den Teller gab. »Nur Büfett und Musik … Der Termin ist doch schon recht bald und …«

»Wann denn?«, unterbrach Moritz sie.

»Am 23. Oktober«, antwortete seine Mutter. »Ich muss auch noch die Musikhochschule anrufen und fragen, ob …«

Während seine Mutter weiterredete, rechnete Moritz nach – der 23. Oktober war schon in etwa zwei Wochen! »Ich bin fertig«, sagte er und stand eilig auf, um Klavier zu üben. Die Zwerge in seinem Musikstück marschierten gerade wieder durch den Märchenwald, als seine Mutter ins Zimmer kam.

»Ich will mich hinlegen, bitte spiel etwas leiser«, sagte sie.

Moritz hörte auf. So war das immer. Er wollte üben, aber es ging nicht. Entweder wollte seine Mutter telefonieren oder schlafen oder er sollte irgendwas machen … Er trommelte mit den Fingern auf dem

Deckel seines Klaviers und überlegte, was er nun tun sollte. Dann hatte er eine Idee. Er nahm die Notenhefte, zog seine Jacke an, schrieb einen Zettel: »Bin bei Emilie, um vier zurück«, und ging.

Obwohl er Emilie wirklich manchmal besuchte und mit ihr Tischtennis spielte, ging er nicht zu ihr, sondern lief zum Altenwohnheim. Schon im Park schaute er sich um, ob er Frau Mützenbacher irgendwo entdecken konnte, aber er sah sie nicht. Moritz ging auf die Eingangstür zu, da kam sie heraus. Mit ihr trat die andere alte Frau aus der Tür, die auch in seinem Konzert gewesen war.

»Hallo Frau Mützenbacher«, sagte Moritz.

Frau Mützenbacher guckte ihn einen kurzen Moment fragend an, bevor sie ihn erkannte. »Ach, Moritz, der Klavierspieler«, sagte sie erfreut. Sie wandte sich an die Frau neben sich. »Das ist der Junge, der für uns gestern hier gespielt hat«, sagte sie laut.

»Ach ja«, sagte die andere Frau. Die beiden Frauen schauten ihn freundlich an.

»Ja, ähm«, fing Moritz an. »Sie haben doch gesagt, dass ich bei Ihnen üben könnte, also, ich …«

»Ja, natürlich!«, sagte Frau Mützenbacher. »Frau Schultes, können wir den Spaziergang heute etwas verschieben?«

»Wie bitte?«, fragte Frau Schultes.

»Ich zeig dem Jungen etwas«, erklärte Frau Mützenbacher laut. »Wir gehen hinterher spazieren, ja? Ich hol Sie ab!«

»Ja, ist in Ordnung«, sagte Frau Schultes. Frau Mützenbacher drehte sich um und ging ins Haus. Moritz folgte ihr.

»Das finde ich sehr schön, dass du herkommst«, sagte sie, während sie ihn einen Flur entlangführte. »Hier ist es.« Sie öffnete eine Tür am Ende des Ganges. Mitten zwischen Stühlestapeln stand da ein Klavier.

»Darf ich dir zuhören?«, fragte sie und guckte ihn erwartungsvoll an.

»Ja, also … also ich muss wirklich üben«, erklärte Moritz. »Wissen Sie, meine Mutter veranstaltet einen Galaabend für ein Kinderheim in Rumänien und da trete ich auf.«

»Ach so, ja, das verstehe ich«, sagte Frau Mützenbacher und sah dennoch enttäuscht aus. »Dann lass ich dich mal allein …«

»Danke«, sagte Moritz. Er schloss die Tür und räumte sich einen Platz vor dem Klavier frei. Dann begann er zu üben. Der *Zug der Zwerge* war am schwersten, er spielte ihn mehrmals hintereinander. Als er fertig war, räumte er den Stuhl auf und wollte hinausgehen, doch die Tür ging nicht auf: Frau Mützenbacher saß auf einem Hocker davor. »Oh«, machte sie und stand auf. »Habe ich dich gestört?«

»Nein, nein«, sagte Moritz.

»Ich war so neugierig«, sagte sie und lächelte ihn entschuldigend an. Sie fasste ihn am Arm. »Das letzte Stück, das von Grieg, das klingt doch wirklich wie ein Märchen.« Sie summte die Melodie. »Ich hab sie richtig sehen können, die Zwerge, wie sie da entlangstampfen!« Frau Mützenbacher winkelte die Arme an und wackelte mit dem Oberkörper. Wie sie so vor ihm stand, zierlich und mit weißen Haaren, sah sie wirklich ein bisschen wie eine Zwergin aus.

Sie drehte sich zu Moritz um, lächelte ihn an und auf ihrem Gesicht bildeten sich von den Augen bis zu den Mundwinkeln Lachfalten. Moritz lächelte zurück.

Am Abend saß Moritz mit seinen Eltern im Wohnzimmer. Es war einer der seltenen Tage, an denen sein Vater so früh von der Klinik nach Hause gekommen war, dass Moritz noch nicht im Bett lag, und er hatte sich neben seinen Vater aufs Sofa gesetzt.

Moritz' Mutter erzählte ausführlich vom Galaabend. Es war ein Nachwuchs-Wettbewerb mit jungen Pianisten aus der Musikhochschule geplant. Außerdem würden ein Chor und ein Streichquartett auftreten. »Wir haben jetzt schon eine Menge Kartenvorbestellungen«, schloss sie.

Moritz hatte still und gespannt zugehört. Doch als sein Vater sagte: »Das fördert ja auch die jungen Musiker«, konnte er nicht mehr an sich halten und platzte heraus: »Und ich will da auch spielen!«

Sein Vater guckte ihn an.

»Was?«, sagte seine Mutter.

»Ich hab schon geübt«, sagte Moritz aufgeregt. »Ich weiß auch, welche Stücke ich spielen werde, und ich …«

Sein Vater lachte. »Moritz, Moritz«, sagte er und strich ihm über den Kopf, wie einem kleinen Jungen.

Moritz wehrte die Hand ab. »Doch, ich kann das!«, sagte er.

»Nein, Moritz, das kommt nicht infrage«, sagte seine Mutter. »Wir machen doch einen Wettbewerb, und da wird jeder denken, wir organisieren das nur deinetwegen. Nein, das geht auf keinen Fall.«

»Aber warum dürfen die anderen spielen und ich nicht?!«, sagte Moritz.

»Moritz, die anderen sind von der Musikhochschule«, sagte sein Vater. »Ich finde es ja sehr löblich, dass du so eifrig übst, aber es reicht doch erst mal, wenn du uns vorspielst …«

Damit war das Thema für seine Eltern beendet.

Moritz rannte in sein Zimmer und schlug den Klavierdeckel zu, dass es nur so krachte.

»Kommst du heut zum Tischtennis?«, fragte Emilie auf dem Heimweg am nächsten Tag.

»Hm«, antwortete Moritz.

»Heißt das ja oder nein?«, fragte sie.

»Vielleicht«, antwortete Moritz.

»Du bist heut nicht besonders gesprächig!«

Moritz zuckte die Schultern.

»Ich ruf dich nachher mal an«, sagte Emilie. »Tschüss!«

Sie ging die Straße weiter und Moritz bog in den Park ab. Auf einer Bank vor dem Altenwohnheim saß

Frau Mützenbacher. Sie sah aus, als ob sie auf ihn gewartet hätte. »Hallo Moritz«, begrüßte sie ihn schon von Weitem und winkte. »Ich wollte dir was zeigen.« In der Hand hielt sie zwei dicke alte Notenbücher. »Die hab ich gefunden. Meine alten Schubert-Lieder ...« Sie streckte Moritz die Bücher entgegen.

Moritz nahm sie und blätterte darin herum. Dann gab er sie zurück. Frau Mützenbacher strich mit der Hand über den oberen Buchdeckel wie über einen weichen Stoff. »Meine Schätze ...« Sie schaute auf. »Kommst du heut wieder zum Üben?«, fragte sie.

Moritz scharrte mit dem Fuß im Kies und zuckte mit den Schultern.

»Ich fand das so schön, wie du gestern gespielt hast, und ich saß vor der Tür, das war ein bisschen wie früher im Konservatorium ...« Sie lächelte. »Da saß ich auch immer vor den Türen. Ein ganzes Haus voller Musik, das hat mir gefallen, am liebsten hätte ich dort übernachtet.«

»Ich ... ich spiel doch nicht bei dem Konzert«, sagte Moritz, ohne sie anzuschauen. »Meine Eltern erlauben's nicht.«

»Ach, das tut mir leid«, sagte Frau Mützenbacher. Sie guckte auf ihre Noten und sah auch ganz bedrückt aus. Moritz scharrte weiter im Kies.

»Aber lass dich nicht entmutigen. Wenn du wirklich auftreten willst, dann wirst du das auch schaffen. Dann eben ein anderes Mal«, sagte Frau Mützenbacher.

Moritz antwortete nicht.

»Du kannst doch trotzdem zum Üben kommen – ich freu mich!«, versuchte Frau Mützenbacher ihn aufzuheitern.

Moritz sagte immer noch nichts.

Frau Mützenbacher zeigte auf ihre Bücher. »Spiel doch mal meine alten Lieder, damit würdest du mir eine große Freude machen …«

Moritz hörte auf, mit dem Fuß zu scharren, und schaute sie an.

»Vielleicht, wenn ich ein bisschen übe, dann kann ich die auch heute noch singen«, sagte Frau Mützenbacher.

»Ja?«, sagte Moritz.

»Na ja, die Melodien, die kann ich noch, ich müsste nur … dass meine Stimme kräftiger wird, weißt du …« Sie lachte etwas verlegen. Trotz ihrer Falten hatte sie auf einmal etwas von einem Mädchen.

Und da hatte Moritz eine Idee. »Wir können das doch zusammen machen!«, sagte er.

»Was? Wie meinst du das?«, fragte Frau Mützenbacher.

»Wir treten gemeinsam auf: Ich spiele und Sie singen. So wie früher!«, erklärte Moritz. »Wir müssen natürlich üben, aber die Lieder sind ja nicht so schwer …«

»Du meinst, du willst mich begleiten?«, fragte Frau Mützenbacher.

»Klar!«, sagte Moritz. »Ich komm nachher zum

Üben.« Er nahm die zwei Notenbücher, rief: »Bis später!«, und rannte davon.

Als er nach Hause kam, telefonierte seine Mutter. Sie hielt kurz die Sprechmuschel zu und flüsterte: »Geh schon mal in die Küche, das Essen steht auf dem Tisch.«

Moritz setzte sich auf seinen Platz und trommelte mit den Fingern auf den Tisch. Er überlegte. Er hörte, wie seine Mutter auflegte, und gleich darauf war sie bei ihm.

»Na, wie geht's dir?«, fragte sie.

»Wie immer«, antwortete Moritz.

Eine Weile aßen sie schweigend, dann fing Moritz an: »Du, Mama, ich hab doch neulich im Altenheim im Park gespielt …«

»Ja?«, sagte seine Mutter.

»Und da hat mich eine alte Frau angesprochen, die war mal Sängerin, und früher ganz berühmt, also, die hat große Konzertsäle gefüllt, hat sie gesagt …«

»Ach, das ist interessant«, sagte seine Mutter. »Ich sag's dir ja, da lernt man ungewöhnliche Menschen kennen.«

»Ja«, sagte Moritz. »Und die hat mich gefragt, ob ich sie begleiten würde, auf dem Klavier. Sie möchte nämlich wieder mit dem Singen anfangen und auch gerne auftreten …«

»Aha«, sagte seine Mutter.

»Ja, und sie hat irgendwie schon von dir gehört und … und … ähm …« Moritz geriet ins Stottern.

»Sie würde auch gerne was für das Kinderheim in Rumänien tun und, also …«

»Ach, meinst du, sie würde gerne auf unserem Galaabend singen?«, fragte seine Mutter.

Moritz nickte und hielt dabei die Luft an.

»Eigentlich ist unser Programm ja voll, aber …« Sie überlegte. »Andererseits, wenn man so einer alten Dame noch mal eine Chance geben kann …« Sie schaute Moritz an. »Und du würdest sie dann begleiten?«

Moritz nickte wieder.

»Na ja, wenn sie dir das zutraut … Ich werd mal mit Papa darüber reden«, versprach seine Mutter. Und das hieß, dass sie einverstanden war …

Als Moritz am Nachmittag zum Altenwohnheim kam, saß Frau Mützenbacher wieder auf der Bank im Park. Als sie Moritz sah, stand sie gleich auf. »Moritz, ich glaube, ich war ein bisschen leichtsinnig heute Mittag«, sagte sie.

»Warum denn?«, fragte Moritz.

»Das mit dem Singen, ich glaub, das kann ich nicht mehr«, sagte Frau Mützenbacher. »Ich bin doch schon so alt.« Über Frau Mützenbachers dünnen Augenbrauen bildeten sich viele Sorgenfalten.

»Aber wir haben es doch noch gar nicht probiert«, sagte Moritz.

»Ach«, machte sie.

»Bitte, Frau Mützenbacher«, sagte Moritz. »Meine Eltern haben es auch erlaubt und …«

»Ja, das hab ich überhaupt erst später verstanden – du willst auch gleich auftreten, ich weiß nicht …«, unterbrach ihn Frau Mützenbacher.

Mutlos setzte sich Moritz auf die Bank. Frau Mützenbacher stand vor ihm. »Es tut mir ja leid wegen dir«, sagte sie.

Moritz blätterte eines der Notenbücher durch.

»Wir können doch erst mal üben und dann sehen …«, sagte er.

Frau Mützenbacher guckte ihn an, dann gab sie sich einen Ruck. »Na ja, wir können es ja einmal probieren«, sagte sie.

»Ja?!«, sagte Moritz.

Frau Mützenbacher nickte. Moritz sprang auf.

Sie gingen in den Raum mit dem Klavier. Moritz legte die Noten hin. »Was soll ich zuerst spielen?«, fragte er.

»Die Forelle«, sagte Frau Mützenbacher. Moritz begann vom Blatt zu spielen. Die Melodie füllte den kleinen Raum. Frau Mützenbacher hörte still zu. Als er mit dem Lied fertig war, sagte sie: »Spielst du es noch einmal, bitte?«

Moritz tat es – und da fing Frau Mützenbacher an zu singen. Ihre Stimme klang noch etwas unsicher, aber sie sang schön und traf die Töne. Als sie zu Ende gesungen hatte, war Frau Mützenbacher ganz aufgeregt. »Das war schön, das war wunderschön!«, sagte sie und vor Rührung standen ihr Tränen in den Augen.

Damit war die Sache abgemacht.

Von nun an trafen sich Moritz und Frau Mützenbacher fast jeden Tag, um miteinander zu üben. Für Moritz war es erst sehr ungewohnt, mit jemandem zusammen zu musizieren, aber es gefiel ihm immer besser. Frau Mützenbachers Stimme wurde von Mal zu Mal kräftiger.

Manchmal allerdings fühlte sie sich nicht so gut, dann setzte sie sich auf einen Stuhl und summte nur mit.

Einmal ging es ihr sogar so schlecht, dass sie im Bett liegen blieb. »Ich hab so einen schlechten Kreislauf«, erklärte sie. »Mein Herz … Mir ist ganz schwindelig, wenn ich aufstehe.«

Moritz blieb eine Weile bei ihr und sie hörten sich eine Klassiksendung im Radio an. Meistens war Frau Mützenbacher aber nach dem Üben so aufgekratzt, dass sie ganz unternehmungslustig war. »Musik ist mein Lebenselixier«, sagte sie.

Und so gingen sie nach dem Singen immer in ein Café und tranken heiße Schokolade. Manchmal kam auch Frau Schultes mit.

Während Moritz sich immer wieder den Galaabend vorstellte und ihrem Auftritt entgegenfieberte, redete Frau Mützenbacher nie davon. Ihr machte es einfach nur Spaß, gemeinsam mit Moritz zu musizieren.

Dann war es so weit. Moritz und Frau Mützenbacher trafen sich am Vormittag des Galaabends zu einer letzten Probe. Frau Mützenbacher war nervös und sah blass aus. »Ich weiß gar nicht, was ich anziehen soll«, sagte sie. Die Sorgenfalten auf ihrer Stirn verschwanden gar nicht mehr.

»Ich zieh einen Anzug an«, sagte Moritz.

»Welche Farbe?«, fragte Frau Mützenbacher.

»Blau«, sagte Moritz.

Sie nickte und knibbelte am untersten Knopf ihrer Jacke herum. Moritz nahm ihre Hand.

»Seien Sie nicht aufgeregt«, sagte er. »Es sind doch nur drei Lieder. Und ich bin ja auch noch da.«

Er drückte ihre Hand. Dann verabschiedete er sich. Weil er schon früher in die Stadthalle ging, um beim Aufbau zu helfen, hatten sie sich um acht Uhr am Eingang verabredet.

Das Programm sollte um sechs losgehen. Erst würde der Nachwuchswettbewerb mit vier jungen Pianisten aus der Musikhochschule stattfinden, dann gab es eine Pause, in der das Büfett eröffnet wurde. Nach dem Essen sollte das Streichquartett spielen, danach kamen Moritz und Frau Mützenbacher dran – so gegen neun – und am Ende sollte der Chor singen.

Moritz' Mutter rotierte. Als das Büfett eröffnet wurde, war die Stadthalle voll. Moritz musste noch Stühle holen, und so kam es, dass er erst kurz nach acht am Eingang stand, um auf Frau Mützenbacher zu warten. Bisher hatte er gar keine Zeit gehabt, aufgeregt zu sein, aber jetzt packte ihn das Lampenfieber. Immer wieder schaute er auf die Uhr. Frau

Mützenbacher tauchte nicht auf. Vielleicht hatte er sie verpasst und sie war längst in der Halle? Moritz drängte sich durch die Menschen, ging an den Tischen vorbei, wo die Leute saßen und aßen. Nein, da war sie nicht. Moritz ging wieder zum Eingang.

Das Streichquartett begann jetzt zu spielen. Moritz sah, dass die Leute einfach weiteraßen. Aber er war deshalb nicht weniger nervös. Er zupfte an seiner Krawatte, knackste mit den Fingerknöcheln … Wo blieb Frau Mützenbacher? Es war schon kurz nach halb neun und sie war immer noch nicht da. Moritz war ganz durcheinander – was sollte er jetzt tun? Auf jeden Fall musste er seiner Mutter Bescheid geben. Er ging durch die Reihen zum Büfett, wo er sie zuletzt gesehen hatte, aber da war sie nicht. Seinen Vater konnte er auch nirgends sehen.

Das Streichquartett war zu Ende, das Publikum klatschte.

Moritz bahnte sich einen Weg zur Bühne. Er hoffte, dort seine Mutter zu finden, und vielleicht sogar Frau Mützenbacher. Als er in den Raum hinter der Bühne kam, machte seine Mutter gerade eine Ansage: »Nach einer kurzen Pause geht es weiter mit unserem Programm!«

»Mama!«, rief ihr Moritz entgegen. »Mama, Frau Mützenbacher …«

Seine Mutter kam von der hellen Bühne in den dunklen Raum dahinter. »Was ist mit ihr?«, fragte sie und guckte sich blinzelnd um.

»Sie ist nicht da!«, sagte Moritz. Er musste fast heulen.

»Was heißt das, sie ist nicht da?! Ihr tretet gleich auf!«

»Ich weiß«, sagte Moritz. »Vielleicht ist sie ja doch da und ich hab sie nur nicht gefunden ...«

Seine Mutter hörte gar nicht richtig zu. »Dann musst du eben allein auftreten!«, entschied sie.

»Was? Aber ich ...«

»Es geht nicht anders«, sagte seine Mutter. »Ich hab schon angesagt, dass es gleich weitergeht, und die Leute vom Chor sind noch nicht alle da ...«

»Ich bin doch gar nicht vorbereitet«, stammelte Moritz.

Was dann passierte, kam ihm wie ein Traum vor. Seine Mutter machte noch eine Ansage, dass es eine kleine Programmänderung geben würde, dann schob sie Moritz auf die Bühne. Das Publikum klatschte. Moritz verbeugte sich wie von selbst, weil er es sich so oft vorgestellt hatte. Er setzte sich an den Flügel. Seine Hände zitterten. Fast überlaut hörte er Gläser klingen und Geschirr klappern.

Dann fing er an zu spielen, ganz mechanisch, und merkte selbst erst nach einer Weile, was er da eigentlich spielte: *Zug der Zwerge.*

Plötzlich sah er Frau Mützenbacher vor sich, wie sie vor ihm im Gang die stampfenden Zwerge nachgemacht hatte – und dabei selbst wie eine Zwergin ausgesehen hatte. Frau Mützenbacher! Die Angst um sie traf ihn wie ein Schlag. Wo war sie?! Vielleicht war die Aufregung zu viel für sie gewesen und ihr Herz …

Moritz wusste nicht mehr, wie er das Stück zu Ende gebracht hatte, aber auf einmal hörte er Applaus. Moritz achtete gar nicht darauf. Er lief von der Bühne.

»Sie klatschen, das war gut, spiel weiter!«, sagte seine Mutter und wollte ihn zurückschieben, aber Moritz riss sich los und rannte davon.

Er rannte den ganzen Weg bis zum Altenwohnheim. In Frau Mützenbachers Zimmer brannte Licht, das konnte er schon von außen sehen. Moritz rannte ins Haus, den Gang entlang. Vor ihrer Tür blieb er stehen und holte tief Luft. Dann klopfte er und trat ein.

Frau Mützenbacher saß auf einem Sessel. Sie war fein angezogen, hatte ein hellblaues Kleid an und sogar einen Hut auf. Auf dem Schoß hielt sie eine Handtasche. Es sah aus, als würde sie auf einen Bus warten.

»Ach Moritz«, sagte sie mit dünner Stimme. »Jetzt hab ich dir alles verdorben.«

Moritz kniete sich vor sie. »Was ist denn los, geht's Ihnen nicht gut?«, fragte er.

»Ich … ich wollte wirklich kommen, ich hatte mich auch schon schick gemacht … Siehst du?«

Moritz nickte.

»Aber als ich dann an die vielen Menschen gedacht hab …« Sie fing an zu weinen. »Ich hatte einfach Angst, dass mir wieder die Stimme im Halse stecken bleibt«, sagte Frau Mützenbacher. Moritz nahm ihre Hand.

»Es tut mir so leid«, sagte sie.

»Ach, so toll war's gar nicht ... Die Leute hätten bei unserem Auftritt sowieso ihren Nachtisch gegessen oder so ... Wir holen das eben ein anderes Mal nach.« Er lächelte sie an.

»Ich glaub, jetzt kann ich nie wieder singen«, sagte Frau Mützenbacher.

Moritz stand auf. »Kommen Sie«, sagte er. »Jetzt haben wir so viel geübt ...«

Sie ließ sich aufhelfen. »Aber ... Willst du jetzt ...?«

»Wo Sie sich schon so fein gemacht haben und ich auch ...«, sagte Moritz. Er führte Frau Mützenbacher aus dem Zimmer, den Gang entlang zu ihrem Übungsraum. Er machte Licht, setzte sich ans Klavier und fing an zu spielen.

Und Frau Mützenbacher sang. Erst leise, dann immer kräftiger. Als sie fertig waren, klatschte Moritz, und dann auch Frau Mützenbacher.

»Das war schön«, sagte Frau Mützenbacher und lächelte.

Moritz nickte. »Ja«, sagte er.

3. Der Sprung ins Wasser

Langsam steigt Lea die Sprossen zum Dreimeterbrett hinauf. Die letzten Schritte bis zum nassen Ende des Brettes sind die schwersten. Lea klammert sich an die beiden Haltebügel und bleibt stehen. Sie schaut vorsichtig auf das Wasserbecken unter sich. Es sieht so klein aus. Ich spring bestimmt daneben, denkt sie und hält die Haltebügel so fest, dass ihre Knöchel weiß werden.

Lea hat nicht nur vor der Höhe Angst, sondern sie mag vor allem kein Wasser. Es ist ihr unheimlich. Wenn sie schwimmt, fürchtet sie sich vor der Tiefe unter ihr. Man kann ja nichts sehen! Und wegrennen auch nicht, wenn was ist! Sie stellt sich dann dauernd vor, dass riesige Fische unter ihr durchschwimmen. Oder dass eklige Würmer versuchen, sich an ihr Bein zu kleben. Oder riesige Wasserungeheuer plötzlich vor ihr auftauchen und sie hinunterziehen wollen.

Natürlich gibt es hier im Schwimmbad keine Seeungeheuer und keine Fische oder Würmer. Aber die Furcht von Lea kümmert das nicht – sie ist trotzdem da. Sie ist immer da, wenn Wasser im Spiel ist. Lea hat auch Angst vor diesen Filmen, in denen ein Schiff sinkt und die Menschen unter Wasser gefangen sind. Letzte Woche hatte sie sich einen Film angeschaut, da passierte nicht einmal ein Unglück. Der Film spielte einfach nur in einem Boot unter Wasser.

Lea wurde ganz bleich und hatte das Gefühl, nicht mehr richtig atmen zu können. Schließlich musste sie aus dem Zimmer gehen und konnte den Film nicht zu Ende sehen. Die ganze Nacht träumte sie davon.

Am nächsten Morgen beim Frühstück hatte Leas große Schwester Marlene gesagt: »Bestimmt hat Lea so große Angst vor dem Wasser, weil sie in ihrem früheren Leben einmal ertrunken ist!«

Lea wusste zwar nicht genau, was Marlene meinte, denn sie konnte sich nicht erinnern, jemals auch nur ein bisschen ertrunken zu sein, aber wenn diese Theorie die anderen dazu brachte, sie nicht dauernd überreden zu wollen, ihre Wasserangst doch einfach zu überwinden, dann war es gut so. Die Mädchen aus ihrer Klasse allerdings hatten sich von dieser Theorie nicht besonders beeindrucken lassen.

»He, Lea, was ist?!«, ruft Sophie jetzt zu ihr hoch und reißt sie aus ihren Gedanken. »Bist du eingeschlafen?«

Die Mädchen stehen alle unten am Beckenrand, schauen zu ihr hinauf und grinsen, weil Lea zu feige ist zu springen. Alle anderen sind natürlich schon gesprungen. Sogar Paula hat sich getraut. Sie ist zwar mit einem deftigen Bauchklatscher gelandet, aber sie ist gesprungen. Paula ist die Unsportlichste in ihrer

Klasse. Sie wird von den anderen oft gehänselt, weil sie sich so ungeschickt anstellt.

Im letzten Halbjahr, als sie noch Sport hatten, hatte auch Lea sich geweigert, sie in ihre Handballmannschaft aufzunehmen. Paula musste in Sophies Gruppe, die prompt verlor.

»Nur wegen dir!«, hatte Sophie Paula angekeift und Lea hatte siegreich gegrinst.

»Lea, nun mach schon«, ruft Frau Vogt, ihre Sport- und Schwimmlehrerin, ungeduldig. »Du stellst dich doch sonst nicht so an!«

Das stimmt und stimmt auch wieder nicht. Lea ist eigentlich sehr gut in Sport. Im Rennen und im Weitsprung ist sie die Beste. Nur beim Bodenturnen ist Sophie etwas besser. Sophie ist Leas Konkurrentin. Sie geht auch in den Reitverein und hat sogar ein eigenes Pferd.

Dafür ist Lea im Aufsatzschreiben besser. Sophies beste Freundin ist Mira, die manchmal auch auf Sophies Pferd reiten darf. Lea ist mit Anna-Lena befreundet, mit der kann sie sich prima Geschichten erzählen. Aber in letzter Zeit ist sich Lea nicht mehr so sicher, ob Anna-Lena wirklich noch ihre Freundin ist.

Seit diesem Sommer ist alles anders. Und nur wegen der Schule! Da haben sie nämlich plötzlich Schwimmen und keinen Sport mehr. Und seitdem geht Lea nicht mehr so gern zur Schule. Vor allem am Mittwochmorgen kommt sie kaum aus dem Bett, denn da haben sie Schwimmen. Sobald Lea nur das kleinste Kratzen im Hals fühlt, fragt sie ihre Mutter, ob sie ihr nicht eine Entschuldigung schreiben kann. Aber meistens lässt sie sich nicht dazu überreden und Lea muss doch gehen. Einmal ging Lea so langsam zur Haltestelle, dass sie nicht nur Anna-Lena an der Ecke, sondern auch den Bus verpasst hat. Aber als sie dann zu spät ins Schwimmbad kam, war Anna-Lena sauer auf sie, und die Mädchen guckten sie voller Verachtung an, als ob sie denken würden: Die will sich ja nur drücken! Da traute sich Lea auch nicht mehr, zu spät zu kommen.

»Spring schon, Lea!«, ruft Anna-Lena von unten. Die Mädchen sitzen inzwischen auf den warmen Bänken und reden, nur manche schauen zu ihr hinauf. Lea ist es kalt. Wassertropfen rinnen langsam an ihr hinunter, sie hat eine Gänsehaut und ihre Zähne schlagen vor Zittern aufeinander.

»Gleich«, ruft Lea zurück und bewegt sich doch kein bisschen vorwärts.

Am Anfang des Schuljahres hatten die anderen Mädchen noch nicht gemerkt, dass Lea Angst vor dem Wasser hat. Es fiel erst gar nicht so auf, wenn Lea sich plötzlich ans Ende der Reihe stellte, wenn eine Übung im Wasser gemacht werden sollte, oder ganz dringend aufs Klo musste, wenn sie dran war.

Aber als Anna-Lena sie im Spaß einmal tunkte und Lea völlig panisch wurde, wie wild um sich schlug und sogar vor Schreck weinen musste, da merkten es alle. Seitdem ließen sie sie nicht mehr in Ruhe. Mira hatte sie schon wie aus Versehen ins Becken geschubst. Und wenn etwas vorzumachen war, dann schlug Sophie vor: »Frau Vogt, das kann uns doch Lea zeigen!«

Frau Vogt hatte natürlich auch schon längst mitbekommen, dass Lea wasserscheu war. Und es war ihr deutlich anzumerken, dass sie fand, Lea sollte sich nicht so anstellen.

»Mach schon, du Angsthase«, ruft Sophie.

Die anderen Mädchen kichern.

»Lea!«, ruft Frau Vogt. »Du musst ja keinen Köpper machen. Mach einfach die Augen zu und lass dich mit den Füßen voran fallen.«

Lea antwortet nicht. Sie traut sich ja nicht einmal, die Haltebügel loszulassen, wie soll sie es da bis nach vorne zum Brettende schaffen?

»Mann, das ist doch ganz einfach«, ruft nun auch Anna-Lena.

Lea schaut hinunter zum Beckenrand. Anna-Lena sitzt neben Sophie. Die beiden tuscheln miteinander. Anna-Lena lacht. In letzter Zeit verstehen sich die beiden immer besser.

Damals, als Anna-Lena Lea getunkt hatte, tat es Anna-Lena noch schrecklich leid und sie verteidigte Lea vor den anderen. Aber nach einer Weile wurde es ihr lästig. Sie begann sich für ihre ängstliche Freundin zu schämen.

Dann kam eines Tages Sophie in der Pause zu

ihnen und fragte scheinheilig: »Habt ihr Lust, heute zum Schwimmen an den See zu gehen?«

Anna-Lena sagte sofort Ja. Lea ging auch mit. Den ganzen Nachmittag hockte sie auf dem Handtuch herum, während sich Anna-Lena mit Sophie und Mira im Wasser vergnügte. Danach ging Lea nicht mehr mit, wenn die drei sich zum Schwimmen verabredeten.

»Schaffst du's heute noch?!«, ruft Sophie. »Oder willst du da oben übernachten?!«

»Wir können doch nicht ewig warten«, ruft Frau Vogt ungeduldig. »Die Stunde ist gleich aus! Dann lass es eben und komm wieder runter!«

Lea dreht den Kopf zur Seite und schaut hinter sich auf die Sprossen. Jetzt wieder zurück? Sie bewegt sich nicht.

»Mein Gott, die schafft es auch nicht, einfach wieder runterzukommen«, stöhnt Mira genervt.

»Pass auf, am Ende müssen wir sie da oben noch zwangsernähren«, sagt Sophie.

Die anderen lachen.

»Oder mit einem Kran runterholen«, sagt Anna-Lena.

Wieder Gelächter.

Lea starrt gebannt auf das Brettende vor sich und lässt mit einer Hand den Haltebügel los. Das Brett ist glitschig und wippt ganz leicht auf und nieder. Lea geht ein winziges Schrittchen nach vorne. Unten scheint es keiner zu bemerken. Die Mädchen haben schon wieder das Interesse an ihrem Scheitern verloren und besprechen wahrscheinlich, was sie am Nachmittag unternehmen werden.

Lea nimmt all ihren Mut zusammen und geht noch einen Schritt weiter vor.

»Na endlich«, hört sie unten Frau Vogt seufzen.

»Mann, sie kann sich ja noch bewegen!«, ruft Sophie laut. »Ich dachte schon, sie wäre zur Salzsäule erstarrt.«

»Ein Wunder!«, sagt Anna-Lena.

»Echt lächerlich«, sagt Mira.

»Total uncool«, sagt Sophie. »Ich wette um ein Eis, dass sie es nicht schafft zu springen. Wer wettet dagegen?«

Niemand reagiert. Auch nicht Anna-Lena.

»Solche Wetten machen keinen Spaß«, sagt Sophie und freut sich doch.

Lea lässt den zweiten Haltebügel los und geht mit klopfendem Herzen langsam bis nach vorne. Das Brett schwankt. Lea zittert vor Kälte und Angst. Ihre Hände sind zu Fäusten geballt. Sie schaut nach unten. Das kleine Becken unter sich.

»Trau dich«, ruft Frau Vogt.

»Ich wette, sie macht's nicht«, sagt Sophie laut.

›Jetzt sterbe ich‹, denkt Lea und geht den letzten Schritt ins Leere.

Einen kurzen Moment fällt sie, dann taucht sie hart ins lauwarme Wasser, das über ihr zusammenschlägt. Wasser dringt in ihre Nase, sie verliert völlig die Orientierung. Sie öffnet die Augen und sieht nichts, nur Wasser und helle Flecken. Lea strampelt mit den Beinen und rudert mit den Armen, bis sie endlich Luft an ihren Händen spürt. Prustend taucht sie auf und hustet. Ihre Augen brennen vom Chlorwasser. Aber sie hat es geschafft. Wasser spuckend schwimmt sie an den Beckenrand. Niemand hilft ihr hinaus.

Sophie grinst. »Hätt ja keiner geglaubt, dass du das noch bringst«, sagt sie.

»Siehst du«, sagt Frau Vogt. »Das war doch gar nicht so schlimm. Das nächste Mal klappt's dann besser, ja?!«

Lea geht einfach an allen vorbei zum Duschraum. Die Stunde ist jetzt sowieso zu Ende, die anderen Mädchen kommen nach.

»Was ist denn los?«, will Anna-Lena wissen.

Lea antwortet nicht.

»Sei nicht gleich so eingeschnappt«, sagt Anna-Lena. »Du stellst dich doch so komisch an.«

Lea sagt immer noch nichts, deshalb dreht sich Anna-Lena um und geht hinüber zu Sophie. Lea lässt sich Zeit mit dem Umziehen. Sie will allein sein. Doch als sie aus dem Umkleideraum kommt, wartet Paula auf sie.

»Das war schrecklich, was?«, fragt sie.

Lea nickt. Obwohl sie es heute geschafft hat, weiß sie genau, dass sie das nächste Mal wieder solche Angst haben wird.

Stumm gehen die beiden in Richtung Schule. Alle anderen sind schon vorausgelaufen, Lea kann das fröhliche Lachen von Mira und Sophie hören.

»Du«, sagt Paula zögernd.

»Mhm«, erwidert Lea.

»Hast du vielleicht Lust, heute mit mir ein Eis essen zu gehen?«

»Okay«, sagt Lea. Sie guckt Paula von der Seite an. »Es tut mir leid, dass ich in Sport manchmal so eklig zu dir war.«

»Ist schon in Ordnung«, sagt Paula.

»Ich kann dich auch mit zum Reitverein nehmen und dir das Reiten beibringen«, schlägt Lea vor.

»Ich hab Angst vor Pferden«, sagt Paula. »Die sind so groß.«

»Du kannst ja auch auf einem Pony anfangen«, schlägt Lea vor.

»Na gut«, sagt Paula. Sie grinst Lea an. »Dann bring ich dir bei, in große Pfützen zu hüpfen.«

Die beiden lachen und gehen zusammen ins Schulhaus.

4. Der Überfall

Erik wachte auf. Eine Mücke surrte um sein Ohr. Erik befreite seinen Arm aus dem Schlafsack und wedelte mit der Hand, um sie zu vertreiben. Vorsichtig drehte er sich um. Er wollte seinen Cousin Yannik nicht wecken, doch wenn er sich bewegte, bewegte sich auch die Luftmatratze, auf der sie beide lagen. Jetzt hatte Erik den Rücken seines Cousins vor sich. Auf der anderen Seite, neben Yannik, schnarchte leise Robert. Erik schloss seine Augen und versuchte wieder einzuschlafen. Ein leichter Wind war aufgekommen, die beiden Fichten knarzten, an die sie ihr Lager gebaut hatten. Blätter rauschten. Von weit her schlug eine Kirchturmuhr und Erik hörte die Musik vom Dorffest.

Er drehte sich auf den Rücken. Mit dem Einschlafen klappte es irgendwie nicht, er war auf einmal gar nicht mehr müde. Dabei hatte er bestimmt noch nicht lange geschlafen. Er schaute auf seine Uhr, die zum Glück eine Leuchtanzeige hatte. Es war 23:43 Uhr.

Es war das erste Mal, dass Erik und Yannik in ihrem Waldlager übernachteten. Niemand wusste etwas davon. Sie hatten sich heimlich aus der Pension geschlichen, die ihrer Oma gehörte und in der sie jedes Jahr ihre Ferien verbrachten, und waren mit Taschenlampen und Schlafsäcken bepackt zum Waldrand gegangen. Dort hatte Robert auf sie gewartet. Zu dritt – Erik und Yannik nebeneinander, Robert hinter ihnen – waren sie in den Wald gegangen. In der Dunkelheit hatte alles ganz anders ausgesehen und Erik war der Weg zu ihrem Lager viel länger vorgekommen als sonst. Yannik hatte die ganze Zeit geredet und etwas über tag- und nachtaktive Tiere erzählt, und Robert hatte den Schrei eines Käuzchens nachgemacht, sodass Erik vor Schreck zusammengezuckt war.

In diesem Augenblick schrie wirklich ein Käuzchen und ein zweites antwortete. Erik merkte, dass Robert nicht mehr schnarchte. Er richtete sich ein wenig auf und guckte zu ihm hinüber, aber er konnte nicht erkennen, ob Robert wach war.

Erik wusste nicht genau, wie er es fand, dass Robert mitgekommen war – und was er überhaupt von ihm halten sollte.

Robert war ein Junge aus dem Dorf, der in den Ferien der Oma im Garten half. Erik und Yannik hatten ihn erst diesen Sommer kennengelernt. Das heißt, eigentlich hatte ihn Yannik kennengelernt, denn Erik war in diesen Ferien etwas später gekommen. In der Zwischenzeit hatte sich Yannik mit Robert angefreundet. Das hatte Erik gar nicht gefallen. Erstens war Robert ein Jahr älter als sie, zweitens hatte er komische spitze Schuhe an, die ihm sein Opa vererbt hatte, und drittens, und das war das Schlimmste, hatte Yannik Robert einfach das Lager gezeigt, das Erik und er letztes Jahr gebaut hatten. Dabei hatten sie sich doch geschworen, es keinem einzigen Menschen zu verraten. Zwar musste Robert auch schwören, aber wenn die Ferien zu Ende sein würden und sie wieder nach Hause fahren mussten, was war dann?

Bisher hatte Robert den Schwur gehalten. Ab und zu tauchte er bei ihnen auf und brachte Bretter mit, sodass sie weiter an ihrem Lager bauen konnten. Dabei half er immer und nachher verschwand er wieder. So war ihr Versteck nicht nur eine mit Ästen überdachte Erdkuhle, sondern eine richtige Hütte geworden, eine ziemlich niedrige allerdings.

Die Fichten knarzten wieder. Erik verkroch sich in den Schlafsack und versuchte es noch einmal mit dem Einschlafen. Da hörte er ein Geräusch, das anders klang als die anderen Nachtgeräusche. Ein Knacken, wieder ein Knacken, als liefe draußen jemand herum.

Erik war sofort hellwach. Er setzte sich auf und horchte.

Knack knack.

Erik tippte Yannik auf die Schulter. »Yannik!«, flüsterte er. »He, wach auf!«

»Was?!«, sagte Yannik ziemlich laut und sehr schläfrig.

»Psst!«, machte Erik. »Da ist was!«

Yannik setzte sich auf, rieb sich die Augen und fragte: »Was, wer ist wo?«

»Ich hab da draußen was gehört«, sagte Erik. »Ganz nah!«

Robert richtete sich auch auf. Er kroch aus dem Schlafsack und zum Eingang hinüber, den sie von innen mit einem Brett versperrt hatten.

»Das ist bestimmt nur ein Fuchs oder ein Dachs«, sagte Yannik und wollte sich wieder hinlegen.

»Und wenn der tollwütig ist?«, fragte Erik.

Im gleichen Moment hörte man es draußen wieder knacken. Sie erstarrten alle drei und lauschten. Das Knacken kam näher. Und jetzt schien es Erik sogar, als ob er leise Stimmen hörte.

Robert hatte das Brett vom Eingang etwas zur Seite geschoben und spähte nach draußen.

Yannik kroch zu ihm. »Siehst du was?«, flüsterte er.

Robert nickte.

Jetzt kroch auch Erik näher. »Wer ist denn da?«, fragte er.

»Still!«, flüsterte Robert.

Plötzlich glitten helle Lichtstreifen auf dem Boden hin und her – jemand beleuchtete ihr Lager. Gleich darauf hörten sie eine Stimme. »Ich hab's! Hier ist es!«, schrie jemand.

»Suchen die uns?«, fragte Erik.

Bevor Robert antworten konnte, sagte draußen eine andere Stimme: »He, das ist ja 'ne richtige Bruchbude!«

Etwas klirrte gegen die Außenwand.

»Verdammter Mist!«, zischte Robert.

Erik verkroch sich nach hinten. Yannik griff nach der Taschenlampe.

»Sollen wir die Bretter wieder mitnehmen?«, fragte die erste Stimme.

»Nee, lohnt sich nicht«, antwortete die zweite.

Jemand trat gegen die Hütte. Holz splitterte.

»Hört auf!«, schrie Yannik.

Einen Moment war es still. Robert schob das Brett vom Eingang ganz zur Seite und kroch schnell heraus.

»He!«, rief der eine.

»Robert, da steckst du!«, sagte der andere.

Erik packte Yannik am Arm. »Die kennen den!«, flüsterte er. »Der hat uns bestimmt verraten!«

Yannik schüttelte den Kopf.

»Woher wissen die sonst, wo unsere Hütte ist?« Während Erik sprach, hörten sie draußen einen dumpfen Schlag, als ob jemand hinfiele, einer schrie: »Ey, du Sau!« Äste knackten.

»Komm, wir hauen ab!«, flüsterte Yannik.

Erik griff nach seinem Schlafsack, da schien grelles Licht ins Innere. Ein Lichtstrahl blendete sie.

»Kommt raus!«, sagte einer.

Sie krochen nach draußen. Ihre Taschenlampen streiften zwei Jungs, ungefähr so alt wie Robert. Der eine hatte eine Brille auf, der andere eine schwarze Jacke an und Blut an der Lippe. Robert war verschwunden.

Der mit der schwarzen Jacke packte Erik am Pullover und drückte ihn gegen die Bretterwand: »Ihr kommt jetzt nicht so einfach davon!«

Ein vorstehender Nagel bohrte sich in Eriks Rücken. Der Junge blendete ihn mit der Taschenlampe direkt ins Gesicht. Erik kniff die Augen zusammen und drehte den Kopf zur Seite.

»Was wollt ihr denn von uns?«, hörte Erik Yannik fragen. »Wir haben euch doch gar nichts getan!«

»Nein, ihr seid natürlich ganz unschuldig!«, sagte der andere.

»Ihr habt unsere Hütte kaputt gemacht!«, sagte der mit der schwarzen Jacke und trat gegen ihr Lager.

Der Nagel schwang mit dem Brett nach hinten und schlug wieder zurück auf Eriks Rücken.

»Was? Wir wissen doch gar nicht, wo eure Hütte ist«, sagte Yannik.

»Echt, das waren wir nicht«, sagte Erik.

»Klar wart ihr's«, sagte der mit der schwarzen Jacke, der Erik festhielt.

»Wir erkennen doch unsere Bretter wieder!«, sagte der andere. Erik hörte Holz krachen. Er wurde losgelassen und zur Seite geschubst. Die beiden Jungs traten gegen ihr Lager, johlten, rissen die Bretter auseinander. Das Licht der Taschenlampen zuckte umher.

»Hört auf!«, schrie Yannik. Er stürzte sich auf den mit der Brille und versuchte ihn zurückzuzerren. Sie rangen, der Junge nahm Yannik in den Schwitzkasten.

»Lass mich los!«, japste Yannik.

Erik versuchte seinem Cousin zu helfen, aber der Junge mit der Brille hielt ihn mit gestrecktem Arm auf Abstand. Yannik zappelte.

Erik biss dem Jungen kräftig in die Hand.

»Au!«, schrie der und zog die Hand zurück.

Bevor Erik etwas tun konnte, wurde er von hinten gepackt.

»Du Ratte!«, sagte der andere mit der schwarzen Jacke und hielt ihn fest.

Erik wehrte sich und schlug mit dem Ellbogen, aber er wurde zu Boden geworfen. Der Junge setzte sich auf ihn, die Knie auf Eriks Armen.

»Bisschen Muskelreiten?«, fragte er und bewegte seine Knie vor und zurück.

»Hör auf, du Schwein!«, schrie Erik. Er trat mit den Beinen und versuchte den Jungen im Rücken zu treffen. Doch der hielt ihn mit den Armen fest. Erik konnte sich nicht bewegen. Er versuchte sich herauszuwinden, aber der Junge war stärker. Erik schrie vor Zorn und vor Schmerz.

Der Junge hielt kurz still und beugte sich über ihn. »Durst?«, fragte er und ließ seine Spucke auf ihn fallen.

Erik drehte den Kopf schnell zur Seite, die Spucke traf ihn am Ohr. Plötzlich kippte der Junge weg. Erik hörte ihn schreien. Er setzte sich auf und wischte sich das Ohr ab.

Robert stand auf einmal da, einen dicken Ast in der Hand. Damit hatte er den Jungen quer vor die Brust geschlagen.

»Das wirst du büßen!«, schrie der Junge mit der schwarzen Jacke und rappelte sich hoch.

Robert hob den Ast. Der mit der Brille ließ Yannik los.

»Der war's!«, rief Erik und zeigte auf Robert. »Der hat eure Bretter geklaut, nicht wir!«

»Du Verräter!«, schrie der Junge mit der schwarzen Jacke und lief auf Robert zu.

Robert holte mit dem Ast aus.

»Vorsicht, hinter dir!«, schrie Yannik.

Der Junge mit der Brille sprang Robert von hinten an. Robert fiel auf die Knie. Im Fallen schwang er den Ast nach vorne und traf den anderen Jungen an den Beinen. Der Ast brach ab.

»Au!«, schrie der Junge und knickte ein. Seine Taschenlampe fiel auf den Boden und strahlte Erik an.

Schnell griff Erik nach ihr und stand auf. Er sah, dass sich der Junge wieder aufrappelte. Robert versuchte den Jungen auf seinem Rücken abzuwerfen, aber der klammerte sich an seinen Hals. Yannik stand zögernd daneben.

Erik lief zu ihm und packte ihn am Arm. »Komm, Yannik!«

Er rannte davon, einfach weg, in den Wald hinein. Dann blieb er keuchend stehen. Yannik war ihm nicht gefolgt. Aus der Dunkelheit hörte er die Jungen kämpfen. Erik ging langsam weiter, weg von der Hütte. Er hörte Schreie, auch Yanniks Stimme. Er blieb stehen. Dann drehte er sich um und lief zurück.

Die Taschenlampen lagen herum und zeichneten helle Streifen auf den Waldboden. Dazwischen wie ein Schattenhaufen die Kämpfenden. Viel konnte Erik nicht erkennen. Alle vier schienen ineinander verkrallt und verkeilt.

Ein Schrei – »Erik!« – von Yannik weckte Erik aus seiner Erstarrung. Er warf sich auf den Haufen und klammerte sich an ein Bein des Jungen mit der Brille und bekam gleich einen Ellbogen an den Kopf, dass es nur so dröhnte. Er biss und schlug mit zusammengekniffenen Augen, ohne zu sehen, wen und wohin.

Und dann war es plötzlich vorbei. Die beiden fremden Jungs rannten davon.

»Wir kommen wieder!«, schrie der eine mit der Brille, »Das kriegt ihr zurück!«, der andere mit der schwarzen Jacke.

Nach Luft schnappend hockte Erik vornübergebeugt auf dem Boden. Yannik rieb sich den Fußknöchel. Robert lag zusammengekrümmt neben ihnen.

»Geht's?«, fragte Erik seinen Cousin.

Yannik nickte.

Robert setzte sich auf. Er legte den Kopf in den Nacken, seine Nase blutete. Erik kramte in seiner Jackentasche und holte ein zerknittertes Taschentuch heraus. Er streckte es Robert hin.

Robert reagierte nicht.

»Da«, sagte Erik und stupste ihn mit der Hand an.

»Das waren meine Bretter«, sagte Robert und schielte ihn von der Seite an. »Wir hatten mal ’ne Hütte zusammen. Ich hab mir nur zurückgeholt, was mir gehört.«

»Ach so«, sagte Erik leise. »Wusst ich ja nicht.«

Robert griff nach dem Taschentuch.

Yannik stand auf und humpelte zur Hütte.

Erik kam ihm nach. Die meisten Bretter waren zersplittert, das Lager war zerstört.

»Wir müssen unser Lager woanders bauen, wo es keiner findet«, sagte Yannik.

Robert stand auf. »Ich weiß mindestens zwei Plätze, die kennt niemand«, sagte er.

»Ja?«, fragte Yannik.

Robert nickte.

Erik sagte nichts.

»Die Schlafsäcke und das andere Zeug holen wir morgen«, beschloss Yannik.

Schweigend gingen sie zurück durch den Wald. Erik war müde, die Arme und der Kopf taten ihm weh.

Am Waldrand blieb Robert stehen.

»Bis morgen!«, sagte Yannik.

Robert wischte sich mit der Hand über die Nase.

»Mal sehen«, sagte er. Dann verschwand er im Dunkeln.

Zu zweit gingen sie weiter.

Kurz vor der Pension fragte Erik: »Bauen wir jetzt ein neues Lager mit Robert?«

»Klar«, sagte Yannik.

Erik nickte.

Sie erreichten die Pension. Erik schaute auf seine Uhr. Es war 00:34 Uhr.

5. Der Junge im Bus

Charlottes Tagebuch

Montag, 18. Juli

Ich hab schon länger nicht mehr hier reingeschrieben, aber es ist auch nicht viel passiert. Am Wochenende war es sehr heiß und ich war schwimmen im See, mit Hannah.

Mit der Esther mach ich kaum noch was. Die ist so affig geworden, finde ich. Neulich hatte sie so eine hässliche Glitzerhose an, obwohl sie früher auch gesagt hat, dass die scheußlich sind. Außerdem schwärmt sie für Niko aus der Siebten und findet plötzlich Mopeds toll, weil der eins hat. Na ja.

Heute ist was Komisches passiert: Im Bus war ein Junge, der kannte mich, aber ich ihn nicht, und der hat mich angesprochen. Als ich heute Mittag nach der Schule in den Bus gestiegen bin, saß er in der letzten Reihe und hat mich angeguckt, so richtig direkt, als ob er mich kennen würde. Ich kenn ja sonst alle, die mit dem Bus fahren, das sind immer die gleichen

Leute, aber ihn kannte ich nicht. Ich hab Hannah gefragt, ob sie weiß, wer das ist, aber Hannah meinte, sie hätte ihn noch nie gesehen. Ich hab mich umgedreht, weil ich ihn noch mal angucken wollte, da schaute er wieder her und nickte mir sogar zu. Er sah ganz nett aus. Ich grüßte zurück. Irgendwie kam er mir auch bekannt vor, aber ich wusste nicht, woher. Dann tauchte der Junge plötzlich neben uns im Gang auf und setzte sich auf die Bank gegenüber, weil die frei geworden war.

»Du bist doch die Charlotte Bauer, oder?«, hat er gefragt.

»Ja«, hab ich geantwortet. »Woher weißt du denn das?«

»Ich hab dich beim letzten Dorffest zu 'ner Cola eingeladen.«

Ehrlich gesagt konnte ich mich nicht daran erinnern. Er erzählte uns, dass er damals bei seiner Tante zu Besuch war. Jetzt würde er hier wohnen, weil er eine Arbeit gefunden hat.

»Du wohnst bei uns im Dorf? Wo denn?«, hab ich gefragt.

»Nee, nee, in Schwiersbach«, hat er gesagt und dann fragte er: »Und du? Du bist jetzt … in der Sechsten, oder?«

So gut konnte er sich noch an mich erinnern! Und ich wusste nicht mal seinen Namen. Den hat er uns dann aber zum Glück verraten: Lennart. Als wir ausstiegen, hat er ganz nett gelächelt.

Beim Mittagessen musste ich Mama gleich davon erzählen. Sie hat erst gedacht, Lennart wäre ein alter Mann, aber ich erklärte ihr, dass Lennart ungefähr so alt wie Kathrin ist, und die ist achtzehn. Ganz schön alt. Mama wusste aber auch nichts weiter über den Lennart.

Ich denk die ganze Zeit an das Dorffest …

Ich glaube, er hat mir die Cola spendiert, als ich zum Stand gegangen bin und zu wenig Geld dabeihatte. Und dann hab ich mich bedankt, und wir haben kurz geredet, aber das war wirklich nicht lang. Dass er sich noch so gut an mich erinnern kann … Ich hab wohl Eindruck auf ihn gemacht! Ob er morgen wieder mit dem Bus fährt?

Ich geh jetzt mit Mama einkaufen in die Stadt!

Dienstag, 19. Juli

Ich hab eine neue Hose und ein T-Shirt bekommen! Auf dem T-Shirt ist ein Pferd drauf, echt süß, aber Esther hat heut gesagt, das wär kitschig. Blöde Kuh. Aber die zieht ja auch Plastikhemden an und die sind eklig.

Heute war es schrecklich heiß und wir hatten auch noch Sport, Leichtathletik. Das hasse ich. Danach hab ich meinen Aufsatz zurückbekommen, eine Drei. Frau Schrupp hat gesagt, eine Bildbeschreibung müsste objektiver sein, ich hätte viel zu viel erfunden. Darüber hab ich mich echt geärgert! Ich find meine Geschichte richtig gut! Na ja.

Als Ausgleich habe ich dann aber den Lennart im Bus wiedergetroffen. Er saß direkt gegenüber der Tür und grüßte mich auch gleich, als ich einstieg. Vielleicht hat er sogar auf mich gewartet? Ich hab mich neben ihn gesetzt. Nach einer Weile hat er mich gefragt, wo meine Freundin wär. Ich hab gesagt, dass sie wahrscheinlich krank ist, weil Hannah auch heut Morgen nicht im Bus war. Dann haben wir nichts mehr geredet, ich hab ihn nur manchmal unauffällig von der Seite angeschaut. Er guckte ganz ernst und sah nachdenklich aus. Aber plötzlich stupste er mich mit der Schulter an und fragte, wie's in der Schule war.

»Na ja, geht so«, hab ich gesagt. »Sport in der Hitze …« Ich hab das Gesicht verzogen.

»Fand ich auch immer bescheuert. Vor allem Fußball«, hat er gesagt.

Ich hab ihm dann erzählt, dass ich mich über den Aufsatz geärgert hab.

»'ne Drei ist doch super«, hat er gemeint.

»Aber meine Geschichte ist eigentlich besser«, hab ich gesagt.

»Mach dir nichts draus«, hat er gesagt und gelächelt. Da sah er gar nicht mehr ernst aus, sondern richtig süß. Aber er sieht sowieso sehr süß aus: Er hat schöne grüne Augen und blonde lockige Haare. Als ich ausgestiegen bin, hat er noch gesagt, dass ich meiner Freundin gute Besserung wünschen soll. Ich hab mir vorgestellt, dass er meinen Aufsatz liest und davon so beeindruckt ist, dass er findet, dass ich mal Romane schreiben soll …

Mama war schon ein bisschen enttäuscht von der Drei, aber sie fand sie auch ungerecht.

Jetzt geh ich Hannah besuchen!

Später:

Hannah ist wirklich krank und muss bei der Wärme im Bett liegen! Ich hab mit ihr Mau-Mau gespielt und ihr auch die Grüße von Lennart ausgerichtet. Sie war gleich ganz neugierig und hat gefragt, ob er noch was gesagt hat, und wollte wissen, was wir geredet haben. Ich hab ihr erzählt, dass er mich ganz nett getröstet hat wegen dem Aufsatz. Ich glaub, Hannah findet ihn auch toll.

Mittwoch, 20. Juli

Er war wieder im Bus! Yasmin hat mir zwar gewinkt, dass ich mich zu ihr setzen soll, aber ich hab mich neben ihn gesetzt. (Hannah ist nämlich immer noch krank.) Er hat gefragt, wie es in der Schule war. Dann schaute er mich so süß von der Seite an und fragte, ob mir nicht heiß sei, weil ich doch noch die Jacke anhatte. Es war wirklich sehr warm im Bus und die Luft war stickig. Lennart half mir beim Jacke-Ausziehen, so wie das in den alten Filmen immer die Herren bei den Damen machen. Ich bedankte mich und hab ihn dann gefragt, wie's bei ihm war.

»Na ja«, hat er gesagt und mit den Schultern gezuckt. »Die Arbeit macht mir keinen so großen Spaß. Vor allem die Frühschicht nicht.«

Das kann ich gut verstehen. Ich steh auch nicht gerne früh auf, dann bin ich immer ganz schlecht gelaunt.

»Aber es geht schon«, hat er gesagt und nett gelächelt.

Ich hab ihn gefragt, wo er denn arbeitet.

»Bei Akon«, hat er gesagt.

Ich hab wahrscheinlich komisch geguckt, weil mir das nichts gesagt hat, da hat er erklärt, dass er Industrieschlosser ist. Dann haben wir nichts mehr geredet. Nur wenn's geruckelt hat, hab ich seine Schulter gespürt. Ich hab mir vorgestellt, dass Lennart die Frühschicht nur deshalb macht, weil er mich dann immer im Bus trifft, und dass er die Arbeit nur durchhält, weil er die ganze Zeit an mich denkt … Als ich ausgestiegen bin, hat er total nett »Bis morgen« gesagt.

Ich geh jetzt Hannah besuchen.

Später:

Heute hab ich Lennart am See getroffen! Ich bin mit Yasmin, Miriam, Florian und Julius zum Schwimmen gegangen. Hannah durfte nicht mit, weil sie ja noch ein bisschen krank ist. Wir waren erst viel im Wasser und dann bin ich mit Yasmin was kaufen gegangen. Und bei den Buden war der Lennart! Ich hab richtig Herzklopfen bekommen, als ich ihn gesehen hab. Er stand da und trank Cola und beobachtete die Leute. Er hat mich auch gleich gesehen und gewinkt, aber er ist nicht rübergekommen. Yasmin hat gefragt, wer das ist, aber ich hab ihr nur gesagt, dass er Lennart heißt.

Als wir wieder zurückgegangen sind, hab ich mich umgedreht und er hat zu mir geguckt. Ich hab gewinkt. Yasmin und ich sind dann noch mal ins Wasser gegangen, aber der Julius hat uns immer so angespritzt, und deshalb bin ich mit der Luftmatratze ganz weit weggepaddelt, damit er mich nicht kriegt. Und da hab ich Lennart noch mal getroffen. Ich hab ihn erst gar nicht gesehen, aber plötzlich tauchte er direkt vor meinem Kopf aus dem Wasser auf.

Ich bin ziemlich erschrocken, aber dann musste ich lachen. Wir haben so richtig rumgealbert, das war ganz lustig.

Er hat mich von der Luftmatratze geschmissen, weil er auch mal drauf wollte, aber ich hab ihn wieder runtergekippt. Und dann hat er mich mit beiden Händen gepackt und hochgehoben und ins Wasser geworfen. Das hat echt Spaß gemacht.

Die anderen wollten dann aber nach Hause und ich musste gehen. Doch vielleicht ist der Lennart ja auch nicht mehr lange geblieben, weil ich weg war und er's ohne mich blöd fand.

Und jetzt ist er vielleicht auch zu Hause und denkt an mich …

Donnerstag, 21. Juli

Hannah ist wieder gesund und ich hab ihr alles von gestern erzählt. Ich glaub, sie ist ein bisschen neidisch, dass der Lennart und ich uns so gut verstehen. Im Bus musste ich mich natürlich neben sie setzen. Der Lennart saß vor uns. Leider haben wir nicht viel miteinander geredet, er hat mich nur nett angelächelt und die Hannah gefragt, ob es ihr wieder gut geht. Aber dann hat er mich fast bis nach Hause gebracht! Wie ein Kavalier! Er meinte nämlich, er hätte sowieso nichts zu tun und würde gern noch ein bisschen spazieren gehen, darum könnte er uns auch noch ein Stück begleiten. Die Hannah war ja gleich zu Hause und dann waren wir allein. Wir gingen einen kleinen Umweg, weil er nicht an der Straße entlanggehen wollte, und mir war's recht, weil der Weg dann länger ist. Er hat mich gefragt, ob ich wieder schwimmen gehen würde, aber ich hab gesagt, dass ich lernen muss. Wir schreiben doch morgen diese doofe Englischarbeit. Lennart meinte, dass es am See viel lustiger wäre, und fragte mich, ob ich schon mal auf der Insel war und wie es denn da so wäre.

Ich hab sie ihm ein bisschen beschrieben, und er meinte, dass er sie gerne mal sehen würde.

»Heute?«, hab ich gefragt.

»Zum Beispiel«, hat er gesagt. »Kommst du mit?«

Ich nickte. Ich hab wieder richtig Herzklopfen gekriegt, weil ich mich so gefreut hab. Kurz darauf hat Lennart sich dann verabschiedet und ist die Abkürzung nach Schwiersbach gelaufen.

Ich bin richtig aufgeregt – ich treff Lennart heut am See! Ich hab Mama nichts davon erzählt, weil ich ja eigentlich lernen muss.

Hannah hat vorhin angerufen und gefragt, ob ich heute was mit ihr machen will, aber ich hab gesagt, dass ich mit Lennart zum Schwimmen verabredet bin.

Später:

Ich weiß gar nicht, wo ich anfangen soll. Ich bin ganz durcheinander.

Heute Nachmittag war ich am See und hab auf den Lennart gewartet, aber er kam nicht. Ich bin sogar einmal um den ganzen See gelaufen, aber ich hab ihn nicht gesehen. Auf die Insel hab ich mich alleine nicht getraut. Dann kamen Wolken und ich bin nach Hause gefahren. Als ich bei uns klingelte, riss Mama gleich die Tür auf. Sie sah ganz besorgt aus.

»Charlotte! Da bist du ja, Gott sei Dank!«, hat sie gerufen und mich umarmt.

Ich bin richtig erschrocken, ich hab gedacht, dass Papa vielleicht was passiert ist.

»Ich habe mir solche Sorgen gemacht!«, hat Mama gesagt und mich gedrückt. Ich war ganz durcheinander, weil es doch noch gar nicht so spät war.

Mama hat mich losgelassen und komisch angeschaut und gesagt, sie müsste mit mir reden.

Ich hab richtig Angst bekommen, weil sie so ernst war.

Wir sind ins Wohnzimmer gegangen und haben uns gesetzt, und dann hat sie gesagt:

»Hannahs Mutter hat heute angerufen. Sie hat gesagt, Hannah hätte ihr erzählt, dass du dich heute mit einem Mann alleine am See treffen würdest, auf der Insel, und dass dich der Mann auch schon mal nach Hause begleitet hat und dich immer im Bus anspricht. Stimmt das?«

»Ja, der Lennart eben«, hab ich gesagt. »Von dem hab ich dir doch schon erzählt.«

Mama hat ein- und ausgeatmet, dass man es richtig hören konnte, und ich hab gemerkt, dass sie ganz aufgeregt ist und sich aber zusammennimmt. Sie legte die Hand auf meine Schulter und hat gesagt: »Der Lennart ist doch schon viel älter als du, oder?«

Ich nickte.

»Weißt du, das ist ein bisschen ungewöhnlich für einen jungen Mann, wenn er sich mit einem zwölfjährigen Mädchen trifft«, hat sie gesagt.

»Aber er ist ja gar nicht gekommen«, hab ich gesagt.

»Charlotte, ich will dich jetzt nicht erschrecken«, hat Mama gesagt, »aber ich möchte, dass du dich auch in Zukunft nicht alleine mit diesem Lennart triffst.«

Ich verstand erst gar nicht, was sie meinte.

»Charlotte, hast du mich verstanden?«, hat Mama eindringlich gefragt und ich hab genickt.

»Du musst einfach ein bisschen vorsichtig sein … Du weißt doch, was alles passieren kann«, hat sie gesagt, und erst in dem Moment hab ich verstanden, was Mama meinte! Sie hatte Angst, dass Lennart mir was antun könnte, wie es immer in der Zeitung steht. Ich bin so erschrocken, dass Mama Lennart so was zutraut, dass ich angefangen hab zu heulen.

Da wurde Mama noch viel aufgeregter: »Charlotte, was ist denn?«, hat sie gefragt. »Hat er dir was getan? Hat er dich angefasst?«

Ich schüttelte den Kopf. »Der Lennart ist nicht so einer!«, hab ich geheult.

»Ja … Nein …«, hat Mama rumgestottert und mich umarmt. »Vielleicht ist er ja ein netter Junge, aber ich kenn ihn einfach nicht, und …« Sie hat wieder so laut ein- und ausgeatmet. »Lad ihn doch einfach mal ein, damit ich ihn sehe und mit ihm sprechen kann. Aber bitte, Charlotte, triff dich nicht mit ihm allein, ja?«

Sie hat mich getröstet und ich hab mich dann wieder beruhigt. Kurz darauf ist Papa nach Hause gekommen und wir haben gegessen, und keiner hat mehr vom Lennart gesprochen. Ich bin bald in mein Zimmer gegangen, weil ich noch lernen muss, aber ich kann mich gar nicht richtig konzentrieren, weil ich so durcheinander bin. Warum denkt Mama so was von Lennart? Der ist doch einfach nur nett zu mir … Vielleicht weiß sie was über ihn und wollte mir keine Angst machen? Oder es ist schon was passiert und sie hat mir nichts davon erzählt, und der Kerl läuft noch frei rum … Aber der Lennart würde doch so was nicht machen! Der ist doch nicht so einer … Der ist doch ganz nett! Ich muss ihn unbedingt einladen, damit Mama ihn kennenlernt und mir glaubt!

Später:

Eigentlich sollte ich schon längst im Bett liegen. Aber draußen ist ein Gewitter und es donnert so laut, und ich kann sowieso nicht schlafen. Ich denk die ganze Zeit an den Lennart. Warum ist er heute nicht zum See gekommen? Vielleicht war er ja schon auf der Insel. Da sind immer ziemlich wenige Leute, wenn einem da was passiert, kann es eine Weile dauern, bis einer was merkt. Aber vielleicht ist ihm auch einfach was dazwischengekommen. Gestern am See, da hat er mich hochgehoben und festgehalten und ins Wasser geschmissen … Ich hab gelacht, aber vielleicht war es schon ein bisschen komisch?

Und dann hat er mich so seltsam angeguckt, bevor er mich von der Luftmatratze geschmissen hat.

Warum wollte er heute nicht durchs Dorf mit mir gehen, sondern so außen rum? Und dann hat er mich gar nicht bis nach Hause gebracht, sondern ist vorher in den Feldweg nach Schwiersbach abgebogen, als ob er nicht wollte, dass ihn jemand sieht. Komisch.

Freitag, 22. Juli

Lennart war wieder im Bus. Die Englischarbeit ist schlecht gelaufen, weil ich so müde war. Hannah hat gefragt, was denn mit mir los sei. Ich hab sie gefragt, was sie ihrer Mutter erzählt hat, aber sie sagte: »Nichts, nur, dass du mit dem Lennart zum See gehst.« Und dann wollte sie noch wissen, wie es war, aber ich hab gesagt, ich wär nicht hingegangen.

Als wir in den Bus gestiegen sind, hat Lennart uns gleich gegrüßt. Ich saß neben Hannah und der Lennart vor uns. Nach einer Weile hab ich mich dann getraut und ihn mit dem Finger angestupst.

Er drehte sich um.

»Hast du Lust, mal zum Kaffee zu uns zu kommen?«, hab ich gefragt. »Meine Mutter würde dich gerne kennenlernen.«

Er hat irgendwie komisch reagiert. Er sagte: »Was?«, und hat dabei gelacht und dann druckste er so rum. »Also, ich glaub nicht … na ja, wenn es sich vielleicht mal ergibt … mal sehen …«

»Heute?«, hab ich gefragt. Ich hab so gehofft, dass er Ja sagen würde.

Aber er hat gesagt: »Heute?! Nee, also, da geh ich auf jeden Fall an den See.«

»Warst du gestern auch am See?«, hab ich ihn gefragt.

»Klar«, hat er gesagt. »Ich war auf der Insel. Warum bist du denn nicht gekommen?«

Mir ist ganz anders geworden. »Ich musste doch lernen«, hab ich gesagt.

»Und heute?«, hat er gefragt.

Ich hab gleich den Kopf geschüttelt.

»Und du?«, hat er Hannah gefragt.

Ich bin richtig erschrocken.

Hannah hat mit den Schultern gezuckt und dann gegrinst und gesagt: »Vielleicht.«

Ich hab ihr mit dem Ellbogen in die Seite geboxt, aber sie hat meine Warnung nicht verstanden.

»He, spinnst du?!«, hat sie gesagt und sich die Seite gerieben.

Lennart hat so komisch gelacht und sich wieder nach vorne gedreht, und als wir ausgestiegen sind, sagte er: »Vielleicht bis später!«, aber ich hab nicht geantwortet.

An der Bushaltestelle hab ich Hannah gesagt, dass sie nicht alleine mit Lennart zum See gehen soll, weil ich das auch nicht darf, aber sie hat gesagt: »Du bist ja nur neidisch!«, und ist gegangen.

Ich weiß nicht, ob ich Mama was davon erzählen soll.

Später:

Ich hab Mama das mit Hannah erzählt. Sie hat gleich die Mutter von ihr angerufen. Ich hab von der Küche aus zugehört. Die Mutter von Hannah hat ziemlich viel zu sagen gehabt, aber ich hab immer nur Mamas Hms gehört.

Und einmal sagte sie: »Ach, von der Frau Schneider der Neffe? Die ist doch sogar im Gesangsverein …«, und dann kamen wieder nur Hms.

Danach hat Mama mir auch nichts erzählt und ich wollte nicht fragen. Nur, ob Hannah jetzt zum See geht, wollte ich wissen. Mama hat »Natürlich nicht!« gesagt.

Hannah ist wahrscheinlich zu Hause und langweilt sich wie ich. Aber ich hab keine Lust, zu ihr zu gehen.

Sonntag, 24. Juli

Gestern waren wir in Schwiersbach bei Tante Gudrun zu Besuch. Kathrin war auch da und hat erzählt, dass sie gerade ihren Führerschein macht. Mama hat mit Tante Gudrun über Lennart geredet, ich hab's genau gemerkt.

Als ich mit Kathrin von den Hasen zurückgekommen bin, hat Tante Gudrun gesagt: »Ich hab noch nichts über ihn gehört, er ist ja auch noch nicht so lange hier«, aber dann hat Mama mich gesehen und sie haben nicht weitergeredet.

Ich hab Kathrin gefragt, ob sie den Lennart kennt, aber sie hat Nein gesagt.

Hannah hat angerufen. Sie hat gesagt, sie sei nicht am See gewesen und ihre Mutter hätte gesagt, wenn jemand wie der Lennart keine gleichaltrigen Freunde hat und lieber kleine Mädchen anspricht, dann wär er nicht ganz richtig und könnte gefährlich werden. Bis jetzt hab ich Lennart wirklich nicht mit Gleichaltrigen gesehen. Aber er wohnt ja auch noch nicht so lange hier.

Morgen ist wieder Schule und ich fahr mit dem Bus. Ich hab Mama gefragt, ob sie mich mit dem Auto abholt, aber Papa braucht es morgen und deshalb geht's nicht.

Montag, 25. Juli

Heute hab ich mich extra in die hinterste Bank gesetzt, ganz weit weg vom Lennart, und hab so getan, als würde ich ihn gar nicht sehen. Aber die Hannah hat die ganze Zeit rübergeguckt, ganz auffällig, und als wir dann ausgestiegen sind, ist der Lennart auch ausgestiegen. Das hat er bestimmt nur wegen der Hannah gemacht, weil die so geguckt hat! Und dann hat sie sich auch noch ganz schnell verdrückt und mich alleine gelassen!

Lennart hat nämlich gesagt: »Ich hab Lust, spazieren zu gehen, dann kann ich euch ja noch ein Stück begleiten.«

Und da hat Hannah, die blöde Kuh, gesagt: »Nicht nötig, ich bin ja gleich daheim«, und weg war sie.

Da stand ich nun alleine mit dem Lennart! Ich hab richtig Angst bekommen! Ich guckte mich um, aber es war kein Mensch zu sehen. Da musste ich mir ganz schnell was einfallen lassen.

»Ich muss noch was bei Tante Elsbeth abgeben«, hab ich rumgestottert.

Er wartete, und ich konnte ja auch nicht ewig an der Bushaltestelle stehen bleiben, also ging ich los und er kam mit. Ich wusste gar nicht, wo ich hingehen soll, denn ich hatte ja gar nichts für Tante Elsbeth, aber nach Hause wollte ich auch nicht, weil dann hätte er ja gesehen, wo ich wohne. Während wir durchs Dorf gingen, erzählte er mir, dass er sich ein Auto gekauft hätte und bald nicht mehr mit dem Bus fahren würde.

Er machte sogar den Vorschlag, dass er mich mal mit dem Auto mitnehmen könnte. Auch das noch!

»Mir wird immer schlecht im Auto«, hab ich gelogen.

»Aber Auto ist doch besser als Bus«, hat er gemeint.

Ich wusste nicht, was ich sagen soll. An der Kirche tat ich so, als ob ich dort was holen müsste, und da hat er sich zum Glück verabschiedet.

Ich hab mindestens eine halbe Stunde in der Kirche gewartet, bis ich mich rausgetraut habe, und bin dann schnell nach Hause gerannt. Mama war schon ganz aufgeregt. Ich hab ihr erzählt, was passiert ist, und sie hat gesagt, ich dürfte nie allein mit dem Lennart mitfahren. Das weiß ich ja selbst. Hoffentlich steht er nicht mal mit dem Auto vor der Schule und will mich mitnehmen. Oder entführen! So was gibt's doch. Und mit dem Auto kann er irgendwo in den Wald fahren und dann findet mich keiner. Hannah ist wirklich gemein gewesen.

Später:

Hannah hat angerufen und wollte was mit mir machen. Ich hab gesagt, dass sie mich heute ganz feige im Stich gelassen hat und dass sie deshalb keine echte Freundin sei. Sie war beleidigt. Blöde Kuh.

Dienstag, 26. Juli

Heute haben wir die Englischarbeit zurückbekommen. Eine Vier. Das ist die schlechteste Note, die ich je bekommen habe. Frau Nichols hat gesagt, ich hätte lauter Leichtsinnsfehler gemacht, ich hätte wohl Schwierigkeiten, mich zu konzentrieren. Na ja, an dem Tag schon.

Mama war ganz lieb und hat gesagt, dass das bestimmt nur ein Ausrutscher war.

Lennart war nicht im Bus und ich hab ihn auch

sonst nicht gesehen. Yasmin hat mich gefragt, ob ich wieder mit schwimmen geh, weil's das letzte Mal so lustig war. Ich hab Ja gesagt. Hannah geht auch mit. Hoffentlich ist der Lennart nicht am See.

Donnerstag, 28. Juli

Gestern und vorgestern war ich mit Yasmin und Hannah am See. Wir verstehen uns auch zu dritt gut. Mit der Hannah hab ich mich wieder versöhnt. Und die Yasmin ist richtig nett, finde ich. Sie hat mir eine CD gebrannt mit Musik von Justin Bieber. Sie hat ein Plakat von ihm in ihrem Zimmer hängen. Ich find den auch gut.

Lennart hab ich nicht gesehen. Vielleicht ist er wieder weggezogen?

Freitag, 26. August

Ich hab schon länger nicht mehr hier reingeschrieben. Ich bin jetzt viel mit Yasmin und Hannah zusammen und wir sind alle drei Fans von Justin Bieber. Vielleicht darf ich sogar auf ein Konzert von ihm! Mama will erst noch mit Papa darüber reden. – Heute habe ich seit Langem den Lennart mal wieder gesehen. Von Weitem. Ich saß schon im Bus und hab aus dem Fenster geguckt. Da sah ich Kathrin, die gerade in ein

Auto stieg. Und in dem Auto, auf der Fahrerseite, saß der Lennart. Kathrin sah fröhlich aus und auch so, als ob sie ganz freiwillig in das Auto vom Lennart steigen würde.

Das Auto mit dem Lennart und der Kathrin fuhr dann die ganze Zeit hinter dem Bus her, ich hab immer mal wieder nach hinten geguckt. Sie sind dann nach Schwiersbach abgebogen.

Ob der Lennart es jetzt auf die Kathrin abgesehen hat? Die ist ja schon viel älter. Vielleicht hat er sie auch einfach nur mit nach Hause genommen. Morgen sind wir bei Tante Gudrun zum Kaffee eingeladen, und wenn Kathrin da ist, werde ich sie einfach nach Lennart fragen.

Sonntag, 28. August

Der Lennart ist der Kathrin ihr Freund! Gestern waren wir bei Tante Gudrun in Schwiersbach, und als wir beim Kaffee saßen, hat's geklingelt. Kathrin ging aufmachen und da hat Tante Gudrun gesagt: »Jetzt kommt Kathrins Freund, der holt sie ab!«

Und dann kam der Lennart zur Tür rein! Ich bin ganz erschrocken und wusste gar nicht, was ich sagen soll. Der Lennart hat alle begrüßt und die Tante Gudrun und die Mama waren sehr nett zu ihm. Er hat auch noch einen Kaffee angeboten bekommen und alle haben ganz normal mit ihm geredet.

»Wir haben uns ja auch schon lange nicht mehr gesehen«, hat er zu mir gesagt. Ich hab bloß genickt. »Ich wusste gar nicht, dass du Kathrins Cousine bist.«

Ich hab wieder nur genickt. Er hat mich nett angelächelt und dann ist er mit Kathrin weggegangen, zu irgendeinem Fest.

»Das war doch der Lennart!«, hab ich zu Mama gesagt, aber sie hat gemeint, es wäre alles in Ordnung und ich sollte mir keine Sorgen mehr machen.

Das hätte sie mir ja auch schon ein bisschen früher sagen können … Na ja, ich bin froh, dass sie jetzt weiß, wer der Lennart ist, und ihn auch nett findet. Vielleicht seh ich ihn jetzt wieder öfter, wegen Kathrin. Er ist schon nett und hat wirklich ein süßes Lächeln, finde ich. Na ja, aber irgendwie ist es jetzt anders als am Anfang.

Papa hat erlaubt, dass ich zum Justin-Bieber-Konzert gehe. Ich freu mich schon riesig darauf. Jetzt geh ich Yasmin besuchen …

6. Mein Freund Twix

Neulich habe ich mich so mit meinem Freund Twix gestritten, dass fast unsere Freundschaft daran kaputtgegangen wäre. Aber zum Glück haben wir uns wieder versöhnt. Twix heißt eigentlich Thomas, aber ich nenn ihn nur Twix wegen diesen Schokoriegeln, nach denen er ganz verrückt ist. Von denen kann er echt sechs Stück hintereinander wegessen, ohne dass ihm schlecht wird. Twix nennt mich immer Huck, obwohl er genau weiß, dass ich Finn heiße, aber seit er *Die Abenteuer des Huck Finn* im Kino gesehen hat, meint er, Finn sei doch eigentlich mein Nachname und in Wirklichkeit müsste ich Huck heißen.

Mein Freund Twix ist ein Idiot. Klar ist er nicht wirklich ein Idiot, aber manche nennen ihn einfach so, obwohl sie ihn gar nicht kennen. Mein Freund ist nämlich behindert. Geistig behindert. Und er sieht auch ein bisschen anders aus. Er hat nämlich das Down-Syndrom, also mit anderen Worten: Er ist mongoloid. Aber mir macht das nichts aus, ich mein, er ist ja mein Freund. Twix und ich kennen uns seit der Grundschule. Wir waren in so einer Schule, wo behinderte und nicht behinderte Kinder zusammen sind. Twix und ich haben uns gleich gut verstanden, weil wir beide sehr gerne malen.

Twix malt auf großen Blättern Papier und ziemlich bunt. Meistens kann man nicht genau erkennen, was das sein soll, was er gemalt hat, aber mir gefallen seine Bilder trotzdem. Er malt eben mehr, wie er was fand. Ich mein, bei mir kann man einfach sehen, was ich gemalt hab. Twix findet das toll.

Manchmal sagt er mir, was ich als Nächstes malen soll, und freut sich dann ungeheuer, wenn er das fertige Bild sieht, weil er es gleich erkennen kann.

Twix und ich gehen jetzt zwar in verschiedene Schulen, aber da Twix in der gleichen Straße wohnt wie ich, kommt er nachmittags öfter mal rüber zu mir und wir machen was zusammen. Malen oder Musik hören oder so. Aber nicht jeden Tag. Ich mein, ich hab ja auch noch andere Freunde. Markus zum Beispiel, der neben mir sitzt und der auch im Fußballverein ist. Als ich mich da damals angemeldet hab, war Twix erst richtig sauer, weil er nicht mitkommen konnte. Twix spielt nämlich auch Fußball, aber nicht besonders gut.

Also, er trifft den Ball halt nicht so oft. Ich hab ihn dann mal zum Training mitgenommen und er hat zugeschaut. Die anderen haben erst blöd geguckt und ihre Witze gemacht, aber inzwischen ist er für unsere Mannschaft fast so was wie ein Maskottchen. Ich weiß, das klingt ein bisschen komisch, aber Twix kommt zu jedem Spiel von uns mit und bringt uns

Glück. Er ist einfach so begeistert bei der Sache – wenn wir ein Tor schießen, dann jubelt er und freut sich, das ist echt klasse. Nur dass er einen dann vor Freude immer gleich umarmen muss, das geht mir bei ihm echt auf die Nerven. Vor allen Leuten! Ich mein, das muss doch nicht sein, oder? Aber das kapiert er einfach nicht.

Das war auch ein Grund für unseren großen Streit. Aber das ist eine längere Geschichte, und am Anfang hat sie auch gar nichts direkt mit Twix zu tun, sondern mit Jule.

Jule ist vor ein paar Wochen neu zu uns in die Klasse gekommen. Sie sitzt direkt hinter mir.

Ich fand Jule gleich nett, einfach weil sie so normal ist. Eigentlich kann ich mit Mädchen ja nicht so viel anfangen.

Ich mein, ich versteh die einfach nicht. Immer tuscheln sie miteinander, und wenn man sie anspricht, fangen sie an zu kichern, man weiß gar nicht, wieso, also ich find die ziemlich albern. Jule ist anders. Die kommt auch mal mit dreckigen Schuhen zur Schule, und es ist ihr egal, wenn sich die anderen über sie lustig machen. Und wenn man sie was fragt, dann kriegt man auch 'ne Antwort ohne großes Gekicher.

Am Anfang hab ich mich aber gar nicht getraut, sie anzusprechen. Was hätte ich auch zu ihr sagen sollen? Ich hab auch keinem erzählt, dass ich Jule nett finde, außer Twix. Ich mein, Twix kann ich so was sagen, ohne dass er blöde Witze macht. Wenn ich Markus das erzählt hätte, hätte der mich gleich ausgelacht und behauptet, ich wär verliebt und so, also darauf kann ich verzichten. Twix dagegen hört einfach nur zu und lacht und freut sich mit mir, dass Jule nett ist. Trotzdem haben wir uns wegen Jule total gestritten. Das war an dem Tag, als Jule und ich den Bus verpassten und wir zum ersten Mal richtig miteinander gesprochen haben.

Und zwar war das so: Ich hatte in der Schule mein Mäppchen liegen lassen, und weil da meine schönen Stifte drin sind, bin ich noch mal zurückgegangen und hab's geholt. Als ich wieder aus der Schule rauskam, hatte ich den Bus verpasst. Ich ging zur Bushaltestelle, setzte mich auf die Bank und wartete. Eine ganze Weile passierte gar nichts. Aber dann sah ich plötzlich Jule den Weg von der Schule auf mich zukommen. Mann, kriegte ich da Herzklopfen, ich mein, das war ja auch das erste Mal, dass wir uns so allein begegneten.

Als Jule mich erkannte, sagte sie »Hallo« und setzte sich neben mich.

Ich hatte zur Begrüßung nur kurz genickt, ich mein, ich wollte ja auch nicht zu überschwänglich sein.

»Wieso fährst du denn erst jetzt heim?«, fragte sie nach einer Weile.

»Ich hab was vergessen«, sagte ich.

Sie nickte.

»Und du?«, fragte ich. »Warum fährst du erst jetzt?«

»Herr Brand wollte mit mir reden. Er meinte, meine schlechten Deutschnoten kämen daher, weil ich so viel in mein Heft malen würde«, sagte sie. »Dabei ist das Quatsch, was hat das denn mit meinen Fehlern zu tun?!« Sie regte sich richtig auf.

»Du malst in dein Heft?«, fragte ich. »Ich mal nämlich auch gern!«

»Na ja, ich kritzel eigentlich mehr«, sagte sie. »Wenn ich nachdenke, dann kritzel ich immer den Rand vom Heft voll. Das gefällt dem Brand nicht.«

»Ach so«, sagte ich und war ein bisschen enttäuscht.

Ich überlegte, was ich als Nächstes sagen könnte, aber Jule kam mir zuvor.

»Du malst gern? Was denn?«, fragte sie.

»Ach, alles Mögliche«, antwortete ich. »Tiere … und Bäume und Drachen und Menschen. Manchmal zeichne ich sogar richtig Gesichter ab.«

»Echt?«

»Ja, ich kann dich auch mal malen, wenn du willst«, schlug ich vor und war selbst über meinen Mut erstaunt.

Sie schaute mich einen Moment an und lächelte dabei. »Nee, ich glaub, so lange stillhalten kann ich nicht«, entschied sie dann.

»Hm«, machte ich. Jetzt wusste ich nicht weiter. Inzwischen standen noch mehr Menschen an der Bushaltestelle und da kam auch schon der Bus. Wir setzten uns nebeneinander und Jule schaute aus dem Fenster. Vielleicht war sie ja genauso verlegen wie ich.

Also, das hoffte ich wenigstens, ich mein, ich hoffte, dass sie aus dem Fenster guckte, weil sie auch nicht wusste, was sie sagen sollte, und nicht, weil sie mich so langweilig fand.

»Mann, hab ich Hunger!«, meinte sie plötzlich.

»Ich auch«, sagte ich. »Ich könnt jetzt ein ganzes gebratenes Wildschwein essen, wie Obelix!«

Sie lachte. Dann guckte sie wieder hinaus, und wir redeten die Fahrt über nichts mehr, nur unsere Mägen knurrten sich an. Als wir ausstiegen, sagte sie noch nett: »Tschüss«, und ich sagte: »Tschüss, bis morgen«, und das war's dann.

Trotzdem war ich total gut gelaunt, als ich nach Hause kam. Ich mein, ich hatte zwar nicht so viel mit Jule geredet, aber dass ich es überhaupt getan hatte, fand ich schon großartig.

Als Twix später zu mir kam, erzählte ich ihm natürlich gleich alles.

»Jule malt auch«, sagte er begeistert.

»Ja, aber nicht so wie wir«, meinte ich.

»Malst du Jule?«, fragte er.

»Sie will doch nicht«, sagte ich.

»Nein«, sagte Twix. »Für mich.« Das war wieder einer von Twix' Aufträgen.

Aber ich fand die Idee gar nicht schlecht und fing an, Jule aus dem Gedächtnis zu zeichnen.

Twix malte irgendwas anderes.

Da klingelte es. Ich dachte mir nichts dabei, ich mein, ich dachte eben, das ist jemand für Mama, doch da rief Mama plötzlich: »Finn, Besuch für dich!« Das hat mich schon überrascht, denn Markus kommt mich eigentlich nie nachmittags besuchen, und ich kam nicht auf die Idee, dass es jemand anderes sein könnte. Aber so war es dann. Ich wollte eben nachgucken, da ging die Tür auf – und Jule stand da. Ich war echt baff. Ich mein, damit hätte ich wirklich nicht gerechnet.

»Hallo«, sagte sie.

Es dauerte bestimmt eine Ewigkeit, bis ich »Hallo Jule« antwortete, dafür ging dann alles ziemlich schnell.

Als Twix ihren Namen hörte, stand er auf, strahlte übers ganze Gesicht und sagte: »Hallo Jule! Hallo Jule!«

Jule sagte auch »Hallo«, aber sie guckte ein bisschen komisch. Ich mein, sie kannte Twix ja noch nicht.

Ich sagte: »Das ist Twix«, aber irgendwie ging das unter, denn Twix lachte.

Und dann ging er auf Jule zu und fiel ihr um den Hals, als seien sie die besten Freunde der Welt und würden sich nach langer Zeit endlich wiedersehen. Das war echt total bescheuert von ihm. Ich mein, ich hab Twix schon tausendmal erklärt, dass das nicht jeder mag, aber er macht es einfach immer wieder.

Ich zog Twix am Pullover und sagte: »Hör auf, Twix!«, aber er ließ sie nicht los.

»Ja, ist ja gut«, sagte Jule, aber sie sah ganz erschrocken aus und versuchte ihn von sich wegzudrücken. Ich glaube, Twix machte ihr Angst.

»Er meint es nicht böse«, versuchte ich Jule zu beruhigen und zerrte dabei an Twix' Pulli. Ich war echt sauer auf ihn. Endlich ließ er sie los.

Bevor ich was erklären konnte, sagte Twix begeistert: »Jule kommt zu uns zum Malen!«

»Nein, Twix«, sagte ich. »Jule kommt nicht zum Malen.«

»Nicht zum Malen?«, fragte Twix enttäuscht.

»Nein!«, sagte ich genervt. »Setz dich jetzt hin und sei still!«

Twix setzte sich zwar nicht, dafür war er aber still – einen Moment lang.

»Ich wollt eigentlich nur mal gucken, was du so machst«, sagte Jule. »Aber ich kann ja ein anderes Mal wiederkommen.«

»Nein, nein«, sagte ich schnell. »Wir können doch was zusammen machen, also, ich mein, Twix kann auch wieder gehen, das macht nichts.«

»Nicht gehen!«, protestierte Twix. »Wir malen! Huck malt Jule. Guck!« Er griff nach Jules Hand und zog sie zum Tisch. Er wollte ihr doch tatsächlich das Bild zeigen, dass ich angefangen hatte zu zeichnen!

Da bin ich vielleicht wütend geworden. Ich flitzte zum Tisch und riss schnell das Papier vom Block, damit Jule es nicht sehen konnte. Das wär zu peinlich geworden.

»Lass das!«, schrie ich Twix an. »Das geht dich gar nichts an! Hör auf!«

Twix guckte mich an und kapierte nichts. »Bild von Jule«, sagte er verwirrt.

»Nein!«, sagte ich und schob ihn zur Tür. »Wir malen nicht, und ich will jetzt, dass du gehst!«

»Nicht gehen«, quengelte Twix und blieb stehen. Wenn Twix was nicht will, bringen ihn keine zehn Pferde von der Stelle.

»Doch, geh jetzt!«, sagte ich und stemmte mich gegen ihn. Twix gab einen komischen lauten Ton von sich. Er verstand echt nicht, was los war.

»Lass ihn doch«, mischte sich jetzt Jule ein, aber ich hörte nicht auf sie, ich mein, ich wollte einfach, dass Twix uns endlich allein ließ. Aber Twix jaulte nur und ging nicht.

Stattdessen ging Jule. »Ich muss sowieso heim. Tschüss, bis morgen«, sagte sie und weg war sie. Ich ließ Twix los und stand da wie ein begossener Pudel.

»Ich will nicht gehen«, sagte Twix quengelig. »Ich will malen.«

»Hör jetzt auf, du Idiot!«, schrie ich ihn an. »Jetzt ist sie gegangen, nur wegen dir! Du kapierst echt nichts, du blöder Mongo, alles musst du kaputt machen, du Volltrottel, echt! Hau jetzt endlich ab!«

Twix gab wieder komische Töne von sich, aber ich war so wütend auf ihn, dass ich ihn mit aller Kraft aus meinem Zimmer drückte und dann die Tür zuschlug.

Twix stand davor und heulte laut. Er rief immer »Huck, Huck!«, und rüttelte an der Tür, aber ich hatte sie abgeschlossen.

Dann kam Mama und fragte, was denn da los sei, und ich antwortete, dass ich Twix nicht mehr bei mir haben wollte. Sie wollte mit mir reden, aber ich blieb stur. Irgendwann ist Twix dann nach Hause gegangen. Das war echt einer der schlimmsten Nachmittage meines Lebens. Später fragte mich Mama, was denn eigentlich los gewesen wäre, aber ich sagte nur, dass Twix mich geärgert hätte. Sie sagte, Twix hätte es bestimmt nicht böse gemeint, aber das war mir egal, denn wegen ihm war mit Jule alles schiefgelaufen.

Am nächsten Tag in der Schule traf ich sie natürlich wieder. Da ich nicht wusste, was ich zu ihr sagen sollte, traute ich mich nicht einmal, sie richtig anzuschauen. Ich mein, ich wusste einfach nicht, ob sie überhaupt noch mit mir sprechen würde. Aber in der Pause pikste sie mir mit einem Bleistift in den Rücken und fragte: »War das dein Bruder gestern?«

»Nein, nein, der wohnt nur bei mir in der Nähe und kommt ab und zu vorbei«, antwortete ich.

»Ach so«, sagte sie.

»Aber heute kommt er nicht, und morgen auch nicht, also wenn du Lust hast, kannst du ja wieder vorbeikommen«, sagte ich schnell, bevor mich mein Mut verließ und bevor es Markus hören konnte, der gerade mit jemand anderem sprach.

»Mal sehen«, sagte sie.

Es läutete und ich drehte mich wieder nach vorne. Als Twix am Nachmittag zu mir kommen wollte, ließ ich ihn gar nicht erst rein.

»Ich hab heut keine Zeit für dich«, sagte ich an der Tür. »Ich kriege Besuch von Jule.«

Twix guckte auf den Boden.

»Und morgen und übermorgen auch«, sagte ich. »Und weil du gestern so blöd warst, darfst du jetzt gar nicht erst kommen. Erst wieder, wenn ich's dir sag. Tschüss.«

Ich wollte gerade die Tür zumachen, da streckte mir Twix ein Blatt Papier hin, das er die ganze Zeit in der Hand gehalten hatte. Es war ein Bild. Es war ziemlich dunkel und sah bedrückend aus. Mir war gleich klar, dass Twix unseren Streit gemalt hatte.

»Für dich«, sagte Twix.

Ich nahm das Bild, sagte: »Danke«, und schloss die Tür. Ein bisschen gemein kam ich mir schon vor. Ich mein, ihn da einfach stehen zu lassen. Aber ich dachte ja, Jule würde zu mir kommen. Sie kam aber nicht. Ich hörte Musik und malte auch ein bisschen, aber irgendwie machte es keinen richtigen Spaß, weil ich die ganze Zeit nur darauf wartete, dass es an der Tür klingelte. Eigentlich war es ziemlich langweilig.

Am nächsten Tag in der Schule lächelte mich Jule zwar nett an, sagte aber nichts weiter. Ich sagte auch nichts, ich traute mich einfach nicht, sie noch mal zu fragen, ob sie am Nachmittag zu mir kommen wollte.

Weil ich aber nicht noch mal zu Hause allein blöd rumsitzen wollte, beschloss ich, ein bisschen Fahrrad zu fahren. Ganz zufällig fuhr ich dabei an dem Bauernhof vorbei, in den Jule mit ihrer Familie gezogen war. Ich fuhr siebzehnmal daran vorbei, bis Jule endlich im Hof auftauchte.

»Hallo!«, rief ich.

»Hallo«, sagte sie. »Was machst du denn hier?«

»Nichts, ich bin einfach nur so ein bisschen Fahrrad gefahren«, antwortete ich.

»Ich wollt gerade zu unseren Kätzchen – hast du Lust mitzukommen?«, fragte sie.

»Klar«, sagte ich, stieg vom Rad und ließ es einfach fallen.

Jule zeigte mir die jungen Katzen und dann auch noch das Pferd, das ihnen gehörte.

»Kannst du reiten?«, fragte ich.

Jule nickte. »Und du?«, fragte sie.

Ich schüttelte den Kopf.

»Soll ich es dir beibringen?«, fragte sie.

Ich zuckte mit den Schultern.

»Das macht echt Spaß«, sagte Jule.

Ich nickte.

Dann wurde Jule gerufen und musste irgendwas machen und ich ging wieder. Ich war echt total froh, als ich nach Hause kam. Jule hatte angeboten, mir reiten beizubringen, ich mein, das war doch was, oder? Obwohl reiten ja mehr was für Mädchen ist … aber trotzdem! Ich hätte das alles am liebsten jemandem erzählt, aber ich wusste nicht, wem. Mit Twix hatte ich mich ja wegen Jule zerstritten.

Am Tag darauf sah ich Jule nicht, denn es war keine Schule und wir hatten ein Fußballspiel.

Es war das erste Mal, dass Twix nicht mitkam, und die anderen fragten mich, wo er denn wäre. Ich zuckte nur mit den Schultern, ich hatte echt keine Lust, denen die ganze Geschichte zu erzählen. Ich glaube, alle fühlten sich ein bisschen mulmig, weil unser Maskottchen nicht da war. Ich mein, ich fühlte mich auch komisch ohne Twix.

Das Spiel fing an und es lief gleich schlecht für uns. Nach zwölf Minuten wurde ich gefoult, verknackste mir den Fuß und musste ausgewechselt werden. Ich saß neben der Ersatzbank und guckte auf das Spiel, als ich nicht weit entfernt eine Stimme von einem Jungen hörte.

»He, du, hier ist kein Behindertensport – hau ab, ja?!«, sagte er.

Ich drehte mich um und sah zwei ältere Jungs, die sich drohend neben einem Behinderten aufgebaut hatten, der alleine auf einer Zuschauerbank saß. Der Behinderte war Twix.

Ich war total überrascht, als ich ihn sah. Ich mein, damit hatte ich einfach nicht gerechnet, dass er alleine herkommt. Er hatte uns auch nicht begrüßt oder so.

Twix schien die beiden Jungs gar nicht bemerkt zu haben, denn er guckte angestrengt auf das Spielfeld und wippte dabei immer vor und zurück. Das macht er manchmal, wenn er aufgeregt ist.

»Ey, hast du Tomaten auf den Ohren?!«, sagte der Junge, der eine rote Mütze aufhatte, und boxte Twix gegen die Schulter.

Twix drehte den Kopf zu ihm, da packte der Typ ihn am Jackenkragen und zog ihn hoch.

Twix gab so einen komischen lauten Ton von sich. Der andere Typ lachte blöd.

»Du störst hier, Idiot«, sagte der Mützen-Typ. »Es wird Zeit für dich, nach Hause zu gehen!«

Er schubste Twix zu seinem Freund, der ihn lachend zurückschubste. Obwohl mein linker Fuß wirklich höllisch wehtat, stand ich sofort auf und humpelte rüber. Ich war total wütend! Ich mein, warum waren die so fies zu Twix, obwohl sie ihn gar nicht kannten?! Er hatte ihnen doch nichts getan!

»Hört sofort auf damit!«, schrie ich die beiden Typen an.

Sie hörten tatsächlich mit dem Schubsen auf, wahrscheinlich, weil sie so überrascht waren. Twix hatte die Arme schützend über seinen Kopf gelegt, hielt die Augen geschlossen und wimmerte. Bevor ich noch irgendwas zu ihm sagen konnte, um ihn zu beruhigen, packte mich der Mützen-Typ am Kragen. »Was mischst du dich denn da ein, Kleiner?!«, sagte er.

»Lass mich los!«, schrie ich und schlug ihn gegen die Brust.

»Reg dich doch nicht so auf«, sagte der Mützen-Typ, hielt mich weiter fest und amüsierte sich darüber, dass ich mich nicht befreien konnte, während sein Freund dauernd lachte und mir in die Seite boxte.

Twix stand etwas abseits. Irgendwann nahm er die Arme runter und schaute zu uns rüber.

Ich schrie immer wieder: »Lass mich los, du Blödmann!«, aber das kümmerte den Fiesling nicht. Mir tat echt alles weh.

Ein paar andere Fußball-Zuschauer guckten zwar mal her, aber keiner kam, um mir zu helfen. Da plötzlich stürzte Twix sich von hinten auf den Mützen-Typ und umklammerte ihn! Dem blieb die Luft weg und sein dämlicher Freund hörte endlich auf zu lachen. Twix kann ganz schön stark sein, wenn's drauf ankommt. Das merkten die beiden Kerle auch ziemlich schnell und das fanden sie gar nicht mehr lustig. Der Typ, der immer lachte, haute gleich ab. Der andere musste sich erst einmal aus dem Twix'schen Klammergriff befreien und noch ein paar Boxhiebe von mir einstecken, bevor er abziehen konnte. Feiglinge, echt! Ich war ganz schön froh, als sie endlich weg waren.

»Twix, das war super!«, sagte ich. »Du hast mich echt gerettet.«

Twix brauchte einen Moment, bis er kapierte, dass ich ihn lobte und mich freute. Als er dann endlich begriff, dass ich nicht mehr böse auf ihn war, war er so begeistert, dass er anfing zu lachen. Und dann umarmte er mich, vor allen Leuten. Und es war das erste Mal, dass es mir überhaupt nichts ausmachte und ich ihn ebenfalls umarmte.

Das war eigentlich auch unsere Versöhnung. Ich mein, seitdem kommt Twix wieder öfter am Nachmittag zu mir und wir malen oder hören Musik oder so. Und ich erzähle ihm auch wieder von Jule, obwohl er sich jetzt nicht mehr ganz so darüber freut wie früher. Morgen werde ich zu ihr gehen und meine erste Reitstunde kriegen. Vielleicht nehm ich Twix mal mit zu ihr. Mal sehen.

7. So süüüß!

Fanny versteht sich mit ihrem großen Bruder Luka eigentlich ganz gut. Er ist zwar drei Jahre älter als sie, aber er ist immer fair zu ihr und ärgert sie nicht unnötig. Manchmal streiten sie sich natürlich auch und schreien sich an, aber meistens versöhnen sie sich schnell wieder. Fanny findet, dass ihr Bruder ganz normal aussieht. Er hat braune Augen, eine nicht allzu große Nase, keine Abstehohren und braune Haare, die meistens sogar gewaschen sind. Na ja, er sieht schon ganz gut aus, immerhin sehen sich Fanny und Luka auch ein bisschen ähnlich. Aber deshalb gleich einen Fanklub ins Leben zu rufen, findet Fanny dann doch übertrieben.

Aber genau das ist Fannys beste Freundin Rosalie: ein Luka-Fanklub. Lange ist sie das noch nicht. Zuerst schwärmte sie nämlich für *Tokio Hotel*: »Die sind so süß!«, dann für Harry von *One Direction*: »Der ist ja so süüüß!« Und jetzt plötzlich für Fannys Bruder Luka: »Der ist echt so süüüß!«

Fanny geht das ziemlich auf die Nerven. Sie kann nicht verstehen, wie man so in einen Jungen vernarrt sein kann. Und seitdem Rosalie ihren Bruder toll findet, kann Fanny kaum noch etwas mit ihr anfangen. Fanny darf Rosalie nicht mehr besuchen.

Immer heißt es: »Nein, ich komm heut zu dir!«

Und wenn Rosalie am Nachmittag vor der Tür steht, ist ihre erste Frage: »Ist dein Bruder auch da?«

Meistens ist er da, leider, denn das hat Folgen: Rosalie hat keine Lust mehr, etwas zu unternehmen, sondern will die ganze Zeit in Fannys Zimmer hocken. Fanny findet das schrecklich. Sie hat versucht, Rosalie für jemand anderen zu begeistern, für Emil aus der Parallelklasse zum Beispiel, den findet Fanny nett, aber Rosalie meint, der sei kindisch, und schwärmt weiterhin für Fannys großen Bruder.

Fanny muss etwas tun. Sie will endlich wieder etwas zusammen mit ihrer Freundin unternehmen und über andere Dinge reden als über die Schuhgröße ihres Bruders. Sie hat auch schon eine Idee. Bevor am Nachmittag Rosalie kommt, muss Fanny unbedingt mit Luka sprechen. Ungeduldig wartet sie, bis Luka endlich von der Schule nach Hause kommt. Als er dann endlich da ist und sein aufgewärmtes Mittagessen vor sich stehen hat, setzt sich Fanny zu ihm. Luka blättert während des Essens in einer Computerzeitschrift. Fanny schaut ihm einen Moment zu, weil sie nicht weiß, wie sie anfangen soll.

»Du guckst so gierig, hast du noch Hunger?«, fragt Luka.

Fanny schüttelt den Kopf. »Nee, ich will mit dir reden.«

»Gibt's Ärger in der Schule?« Luka schaut nicht einmal von seiner Zeitschrift auf.

»Nee«, sagt Fanny. »Es gibt Ärger mit Rosalie.«

Jetzt guckt er sie an. »Ich glaub nicht, dass ich der richtige Berater für Weiberkräche bin.«

Fanny ärgert sich. Manchmal ist ihr großer Bruder ein bisschen überheblich. Aber sie bleibt ruhig. »Doch, das glaub ich schon«, sagt sie. »Denn es geht ja auch um dich.«

»Um mich?«, fragt Luka.

Fanny nickt. »Rosalie findet dich nämlich süß.«

»Was findet sie?«, fragt Luka erstaunt.

»Sie findet dich total süüüß!« Fanny ahmt Rosalies Stimme nach.

»Und deshalb streitet ihr euch?«, fragt Luka.

»Wir streiten uns ja gar nicht«, versucht Fanny zu erklären.

»Darüber seid ihr euch also einig«, sagt Luka. »Wo liegt dann das Problem?«

»Mann, Luka!«, sagt Fanny. »Sei doch nicht so eingebildet! Das Problem liegt darin, dass ich nichts mehr mit Rosalie unternehmen kann. Sie will nur noch hier sein, damit sie dich mal im Flur vorbeihuschen sieht. Sie lässt deswegen sogar immer extra die Tür offen stehen. Und wenn ich sie dann mal zumache, damit wir ungestört sind, dann rennt sie alle drei Minuten aufs Klo! Am schlimmsten ist es, wenn du ins Zimmer kommst, weil du irgendwas willst. Dann ist sie plötzlich stumm wie ein Fisch und starrt dich mit offenem Mund an. Fehlt nur noch, dass sie dich um ein Autogramm bittet. Das ist echt schrecklich!«

Fanny regt sich so auf, dass sie fast heulen muss.

Ihr Bruder guckt sie einen Moment nachdenklich an, dann fragt er: »Und, was soll ich da jetzt machen?«

»Kannst du nicht öfter mal weggehen, wenn Rosalie am Nachmittag kommt? Du kannst ja Nils besuchen.« Nils ist Lukas bester Freund.

»Nee, der hat nicht das neueste Grafikprogramm, mit dem ich immer arbeite«, sagt Luka.

»Du kannst ihn doch trotzdem besuchen«, sagt Fanny. »Oder du erzählst Rosalie, dass du eine Freundin hast, oder machst ihr irgendwie anders klar, dass sie dich in Ruhe lassen soll.«

»Hm«, macht Luka und denkt nach. »Rosalie sieht eigentlich ganz gut aus, oder?«, fragt Luka.

»Das ist doch jetzt völlig egal«, sagt Fanny. »Hilfst du mir?«

»Und sie findet mich richtig klasse?«

»Ja!« Fanny ist genervt. »Aber du darfst dir nicht anmerken lassen, dass du's weißt, okay? Sonst bringt sie mich um.«

In diesem Moment klingelt es. Fanny macht auf – es ist Rosalie.

»Hallo«, sagt sie.

»Hallo«, sagt Fanny. Sie geht voraus, in ihr Zimmer.

Als sie die Tür hinter Rosalie zumacht, fragt die: »Ist Luka auch da?«

»Ich glaub, der wollte gerade weggehen«, antwortet Fanny.

»Wohin denn?«, fragt Rosalie.

»Zu Nils«, sagt Fanny.

»Ach so«, sagt Rosalie enttäuscht. Missmutig setzt sie sich auf Fannys Bett.

»Wir können doch auch was unternehmen«, schlägt Fanny vor. »Inlineskates fahren oder so.«

»Keine Lust«, sagt Rosalie. »Ich muss mal aufs Klo.«

Sie geht hinaus. Fanny wartet. Sie sucht in ihren CDs nach einem Hörspiel, das Rosalie und sie so gernhaben und das sie immer mit verstellten Stimmen mitgesprochen haben – bevor Rosalie Luka-Fan wurde. Fanny will die CD gerade einlegen, da hört sie auf dem Flur Luka.

»Hallo Rosalie«, sagt er freundlich.

»Hallo Luka«, sagt Rosalie, und Fanny kann fast hören, wie sie rot wird.

»Du hast super Schuhe an«, sagt Luka. »Sind die neu?«

Fanny traut ihren Ohren nicht. Rosalie nickt wohl nur, denn es ist keine Antwort zu hören.

»Was macht ihr denn heute?«, fragt Luka weiter.

»Weiß nicht«, antwortet Rosalie. »Fanny will vielleicht Inlineskates fahren.«

»Das ist doch 'ne gute Idee. Ich komm mit«, sagt Luka. Jetzt bleibt Fanny vor Entrüstung der Mund offen stehen.

»Echt? Super!«, sagt Rosalie mit dieser hauchigen Anhimmelstimme, die Fanny nicht ausstehen kann.

Fanny rennt zur Tür. »Du wolltest doch zu Nils gehen!«, schreit sie ihren Bruder fast an.

»Nö«, sagt Luka.

»Und du hast doch gerade gesagt, dass du keine Lust zum Skaten hast?!«, fährt sie ihre Freundin an.

»Ich hab's mir anders überlegt. Immer nur im Zimmer rumsitzen ist ja auch blöd«, sagt Rosalie.

Fanny guckt ihren Bruder so böse wie nur möglich an, aber er schaut ganz unschuldig.

Zu dritt fahren sie Inlineskates. Fanny ist wütend. Eine schwarze Wolke mit mindestens drei Totenköpfen und fünf geballten Fäusten schwebt über ihrem Kopf. Ihr Bruder benimmt sich original wie in einem Bravo-Fotoroman. Er lächelt Rosalie strahlend an, spielt sich als Kavalier auf und beachtet Fanny nicht. Rosalie hat vor Aufregung so rote Wangen, als ob sie ein Döschen Rouge darauf verteilt hätte.

Als Luka angebermäßig vorausfährt, holt ihn Fanny ein. »So habe ich das nicht gemeint!«, knurrt sie ihn an. »Hör jetzt auf mit dem Quatsch!«

Aber Luka reagiert gar nicht auf sie. Als sie wieder zu Hause sind, geht Luka in sein Zimmer und lässt sie endlich allein.

Aber mit Rosalie ist nichts mehr anzufangen. Sie sitzt auf Fannys Bett und käut alles wieder, was sie diesen Nachmittag erlebt haben. »Und als ich hingefallen bin und er mir aufgeholfen hat … und wie er geguckt hat, als ich Herrn Schüller begrüßt hab …«

Fanny schweigt finster vor sich hin, aber ihre Freundin merkt es gar nicht. Als Rosalie schließlich gegangen ist, stürmt Fanny in Lukas Zimmer.

»Du Blödmann!«, schreit sie ihren Bruder an. »Das hast du extra gemacht!«

Luka sitzt an seinem Computer. »Was denn?«, fragt er, ohne sie anzusehen.

Fanny rastet aus. So viel Überheblichkeit ist nicht zu ertragen. Sie stürzt sich auf Luka und packt ihn an den Schultern. »Du arrogantes Schwein, du Fiesling!«, schreit sie und rüttelt ihn.

Luka wehrt sich. »Hör auf, du blöde Kuh!«, schreit er zurück.

Da kommt ihre Mutter ins Zimmer. »He he, was ist denn hier los?!«, überschreit sie die beiden. Fanny lässt Luka los, aber sie sagt nichts. Diese Geschichte will sie mit ihm allein ausmachen.

»Fanny spinnt nur ein bisschen rum«, sagt Luka. Fanny presst die Lippen aufeinander, um ihn nicht gleich wieder anzuschreien.

»So ganz ohne Grund wird sie das wahrscheinlich nicht tun«, sagt ihre Mutter. Sie guckt prüfend. Keiner sagt etwas.

»Na ja«, sagt ihre Mutter. »Ich hoffe, ihr könnt das jetzt etwas weniger dramatisch klären.« Sie geht aus dem Zimmer.

»Ich hab dich gebeten, dass du weggehst, damit

Rosalie wieder normal wird, und du machst genau das Gegenteil!«, flüstert Fanny, so laut sie kann. »Wieso hast du ihr nicht gleich ein Foto von dir geschenkt?!«

»Du hast doch selbst gesagt, dass ich ihr klarmachen soll, dass sie mich in Ruhe lassen soll, aber gleichzeitig darf ich von nichts wissen. Also muss ich es ja erst selbst erleben!«, flüstert Luka zurück.

»Das ist ja total gemein!«, flüstert Fanny. »Erst nett sein und sie dann fallen lassen!«

»Jetzt übertreib mal nicht so! Ich tu ihr doch nichts. Außerdem finde ich es lustig«, sagt Luka.

»Lustig? Was findest du lustig?«, fragt Fanny.

»Dass sie mich so anhimmelt«, sagt Luka.

»Das findest du lustig?!« Jetzt schreit Fanny wieder. »Ich kann mit meiner Freundin nichts mehr machen, weil sie sich wegen dir in eine unzurechnungsfähige Trottelin verwandelt, und du findest das lustig!«

Fanny läuft aus dem Zimmer und schmeißt die Tür hinter sich zu, dass die Wände vibrieren.

»Fanny!«, ruft ihre Mutter aus dem Wohnzimmer.

»Lass mich in Ruh!«, ruft Fanny zurück und schließt sich in ihrem Zimmer ein.

Mit der Hilfe ihres Bruders kann sie also nicht rechnen. Im Gegenteil, aus Eitelkeit wird er sich wahrscheinlich weiter in Rosalies Bewunderung sonnen. Fanny muss sich etwas anderes einfallen lassen, wenn sie ihre Freundin von ihrer albernen Schwärmerei für ihren Bruder heilen will. Sie denkt sich einen Plan aus.

Am nächsten Tag, als Fanny mit Rosalie in der großen Pause über den Schulhof schlendert, fragt Fanny: »Was findest du eigentlich so toll an meinem Bruder?«

»Er ist einfach süüüß«, sagt Rosalie.

Fanny verdreht die Augen. Aber sie fragt trotzdem weiter: »Nee, jetzt mal im Ernst, was gefällt dir denn besonders an ihm?«

Rosalie überlegt. »Er hat so schöne Augen. Und sein Lächeln ist einfach umwerfend.«

»Ja, und wie ist es mit seinem Charakter?«, fragt Fanny.

»Der ist gut«, beteuert Rosalie.

Fanny hat da seit gestern eine andere Meinung. Aber sie sagt nichts.

»Weißt du, er ist nicht so kindisch«, erklärt Rosalie. »Man kann richtig mit ihm reden, er ist nicht so albern und macht nicht dauernd blöde Witze. Und er ist so höflich. Einfach anders als die anderen.«

»Aha«, sagt Fanny. Sie fragt sich, wer »die anderen« sind und woher Rosalie die alle kennen mag. »Und was findest du an Jungs so richtig blöd?«

»Na ja, wenn sie eben kindisch sind«, antwortet Rosalie.

»Und was noch?«, fragt Fanny.

Rosalie zuckt mit den Schultern. »Wenn sie nur über Sport reden oder über Computer oder so«, sagt sie. »Oder wenn sie so tun, als wären sie obercool, und mit Messern rumspielen und so ...«

Fanny nickt. Das ist alles, was sie wissen will.

Später, nach der Schule beim Mittagessen, fragt Luka: »Kommt Rosalie heute?« Er grinst.

Fanny hat bis jetzt noch kein Wort mit ihm gewechselt. Aber jetzt muss sie mit ihm sprechen. »Sie weiß es noch nicht«, behauptet sie. »Sie fand's gestern nicht so toll mit dir und deshalb treffen wir uns vielleicht bei ihr.«

Luka will sich zwar nichts anmerken lassen, aber Fanny spürt, dass ihn ihre Andeutung wurmt.

Schließlich überwindet er sich und fragt: »So, sie fand's nicht so toll mit mir? Warum denn nicht?«

Fanny tut unschuldig. »Na ja, irgendwie war sie enttäuscht von dir. Sie meinte, du wärst immer so ernst und man könnte überhaupt keinen Quatsch mit dir machen. Und du würdest nie was von deinem Computer erzählen, obwohl du da doch Fachmann bist. Ja, und außerdem wärst du immer so höflich, richtig schleimig findet sie das, und auch total uncool, dass du kein Messer hast, oder so was.«

»Das hat sie gesagt?!«, fragt Luka.

»Na ja, nicht so direkt, sie wollte mich ja nicht kränken, immerhin bist du ja mein Bruder, aber sie hat's angedeutet.«

»Ah ja«, sagt Luka, und Fanny sieht, wie es in seinem Kopf arbeitet. Sie ist schon sehr gespannt, was dabei herauskommen wird.

Um drei klingelt es. Fanny bleibt absichtlich in ihrem Zimmer. Sie hört, wie Luka die Tür öffnet.

»Hallo«, sagt Rosalie.

»Hallo Rosalie«, sagt Luka. »Du glitzerst ja mal wieder – bist du in einen Farbeimer gefallen?!« Er lacht ein bisschen.

»Ähm, ist Fanny da?«, fragt Rosalie mit unsicherer Stimme.

»Klar, Baby«, sagt Luka.

Fanny muss grinsen.

Die Tür geht auf und Rosalie kommt herein. »Hallo«, sagt sie.

Fanny sieht, dass sie geschminkt ist. »Was hast du denn mit deinem Gesicht gemacht?«, fragt sie.

»Jetzt fängst du auch noch an«, sagt Rosalie mit Jammerstimme. »Es hat schon deinem Bruder nicht gefallen … Ich muss mich sofort abschminken.« Sie geht ins Bad. Als sie zurückkommt, legen sich die beiden Freundinnen aufs Bett, um das neue »Mädchen«-Heft zu studieren.

Doch es dauert nicht lang, da klopft es und Luka kommt ins Zimmer. »Was macht 'n ihr?«, fragt er.

Dabei spielt er lässig mit einem Schweizer Taschenmesser, klappt das Messer und den Dosenöffner heraus und klappt es wieder ein. Fanny muss fast lachen.

»Wir … wir lesen nur«, stammelt Rosalie und wird rot.

»Ach, das könnt ihr?«, sagt Luka und grinst. Die beiden Mädchen antworten nicht. Rosalie schaut verlegen auf den Boden.

»Sag mal, Rosalie, kennst du eigentlich schon mein neues Computerspiel?«, fragt er dann.

Rosalie schüttelt den Kopf.

»Soll ich's dir mal zeigen?«

Rosalie guckt Fanny unsicher an, die zuckt mit den Schultern.

»Okay«, sagt Rosalie zu Luka.

»Komm mit«, sagt Luka.

Sie gehen hinaus. Fanny legt sich auf ihr Bett. Sie ist eigentlich ganz zufrieden. Luka wird Rosalie jetzt sicher den ganzen Computerkram erklären. Das müsste wirken. Fanny wartet. Aus Lukas Zimmer hört sie manchmal Lachen. Na ja, Luka wird bestimmt auch noch dumme Witze erzählen. Nach über einer Stunde kommt Rosalie zurück. Ihre Wangen sind wieder ganz rot, auch ohne Schminke.

»Na, wie war's?«, fragt Fanny. »Hat er die ganze Zeit nur von seinem Computer erzählt?«

Rosalie setzt sich neben sie aufs Bett. »Nein, er hat auch Witze erzählt«, sagt sie mit hauchiger Anhimmelstimme, aber diesmal fällt es Fanny nicht gleich auf.

»Ja? War er richtig kindisch und albern?«, fragt Fanny und freut sich schon.

»Er war einfach süß«, sagt Rosalie und guckt ganz selig.

»Was?!«, fragt Fanny. »Er war süß?!« Fassungslos schaut sie ihre Freundin an.

Rosalie nickt.

»Aber du hast doch heute früh zu mir gesagt, dass du Jungens blöd findest, die dauernd Witze erzählen oder nur von ihrem Computer reden!«

Rosalie guckt sie an. »Ja, bei anderen ist das ja auch blöd. Aber bei deinem Bruder ist das was anderes, der ist einfach zu süß.«

»Ja, aber …«, stammelt Fanny.

»Und morgen spielen wir so ein Computerspiel zusammen«, sagt Rosalie.

»Und was ist mit mir?«, fragt Fanny.

»Du kannst ja mitspielen«, sagt Rosalie.

»Ich spinn doch nicht!«

»Ja, dann … das dauert doch nicht so lang«, sagt Rosalie entschuldigend.

Fanny nickt. Sie versteht die Welt nicht mehr. Ihr ist zum Heulen zumute. Ihr Bruder hat gewonnen, so viel ist klar.

Als Rosalie wenig später gegangen ist, kommt er in ihr Zimmer. »Na, und wie fand Rosalie mich heute?«, fragt er siegesbewusst.

Fanny möchte ihm am liebsten fünfzehn Bücher an den Kopf werfen. Aber sie tut es nicht. Stattdessen sagt sie nichts, sondern schiebt ihn einfach nur energisch aus ihrem Zimmer.

»He he!«, macht er, aber da schlägt sie schon die Tür hinter ihm zu.

Diesmal werden sie sich nicht so schnell versöhnen, das steht für Fanny fest.

Rosalie und Luka spielen am nächsten Tag wirklich

ein Computerspiel. Und weil Fanny keine Lust hat, die ganze Zeit alleine in ihrem Zimmer zu hocken, geht sie schließlich auch hinüber und spielt mit.

Sobald Rosalie weg ist, spricht sie mit ihrem Bruder kein Wort mehr.

Auch an den nächsten beiden Tagen unternehmen sie etwas zu dritt. Es wird schon fast normal. Am Sonntag gehen sie nachmittags zusammen ins Kino. Der Film dauert über zwei Stunden. Als sie aus dem Kino herauskommen, ist Rosalie verändert. Sie wirkt fast verstört.

»War der Film nicht super?«, fragt Fanny ihre Freundin.

Rosalie nickt.

»Na ja«, sagt Luka.

Rosalie guckt ihn an, aber diesmal nicht mit diesem Anhimmelblick, irgendwie anders. »Ich fand ihn gigantisch«, sagt sie leise.

Luka zuckt mit den Schultern. »Gehen wir noch wohin?«, fragt er.

»Nein, ich geh heim«, sagt Rosalie. Fanny ist überrascht – sonst sagt Rosalie zu allem »Ja«, was ihr Bruder vorschlägt.

Rosalie lächelt Fanny an. »Bis morgen«, sagt sie.

»Bis morgen«, sagt Fanny.

»Tschüss«, sagt sie zu Luka und weg ist sie.

Fanny muss den ganzen Abend an den Film denken. Jetzt kann sie ihre Freundin ein bisschen besser verstehen.

Am nächsten Tag in der Schule ist Rosalie immer noch still und zurückhaltend.

»Was hast du denn?«, fragt Fanny sie in der Pause. »Du bist so komisch.«

Rosalie wird rot. »Ja«, sagt sie. »Also ...« Sie druckst herum. »Ich muss dir was sagen.«

»Was denn?«, fragt Fanny. Sie kann sich wirklich nicht vorstellen, um was es geht.

»Wir waren doch gestern im Kino«, sagt Rosalie.

»Mhm«, macht Fanny. »Und?«

»Ja, also ...« Rosalie lacht verlegen. Dann fasst sie sich ein Herz und schaut Fanny direkt an. »Ich find Robert Pattinson so süüüüß!«, sagt sie. »Weißt du, deinen Bruder find ich ja auch nett, und er ist auch süß und so, aber Robert ist einfach süßer.« Sie schaut Fanny sorgenvoll an. »Bist du mir jetzt böse?«

»Quatsch!«, sagt Fanny. Sie zögert einen Moment, dann überwindet auch sie sich. »Du ...«, sagt sie. »Ich find den auch süß!«

»Echt?«

Fanny nickt.

Da müssen beide lachen. Und Arm in Arm schlendern sie über den Schulhof, um sich noch einmal jede einzelne Szene mit Robert zu erzählen.

Inhalt

Anne Maar wurde 1965 geboren. Sie arbeitete als Kurzfilm-Regisseurin, Drehbuchautorin und später auch als Regieassistentin. Seit 1993 schreibt Anne Maar Kinderbücher. Ihre Werke wurden mehrfach ausgezeichnet, u. a. mit dem Luchs der ZEIT, und nominiert für den Deutschen Jugendliteraturpreis. Seit 2002 leitet Anne Maar das von ihren Großeltern gegründete Fränkische Theater Schloss Maßbach.

Ute Krause wuchs in der Türkei, Zypern, Nigeria, Indien und in den USA auf. Sie studierte Visuelle Kommunikation an der Berliner Kunsthochschule und an der Hochschule für Film und Fernsehen in München. Seit 1985 hat Ute Krause mehr als 300 Bilder- und Kinderbücher veröffentlicht, die international übersetzt und mehrfach ausgezeichnet wurden. Sie lebt mit ihrer Familie in Berlin.

Ein Hoch auf die Freundschaft!

€ 12,95 (D)/€ 13,40 (A)/sFr 18,90 • ISBN 978-3-939944-75-1

Kalle ist etwas pummelig und in der Schule nicht gerade beliebt. Der kleine Arthur weiß Rat: Kalle soll beim Sportfest als »stärkster Junge der Welt« antreten – schließlich haben Sportler viele Fans. Ob Kalle es schafft, berühmt zu werden?

»Selten wächst einem ein Buchheld so ans Herz!« **Stiftung Lesen**

FSC
www.fsc.org
MIX
Papier aus verantwortungsvollen Quellen
FSC® C014496

Überarbeitete und aktualisierte Neuauflage
der Erstausgabe von 2000
Text: Anne Maar
Coverillustration: Ute Krause
Layout und Satz: www.lenaellermann.de
Umschlaggestaltung: www.anettebeckmann.de
Druck: GGP Media GmbH, Pößneck
ISBN 978-3-86429-120-3
www.tulipan-verlag.de